Tous les silences ne font pas le même bruit

Tous les prénoms des personnes citées dans ce livre ont été changés.

Illustration de couverture : © Holly Stapleton

Collection Proche
26, rue Jacob, 75006 Paris
Tél. : 01 42 17 47 80
www.collectionproche.fr

Baptiste Beaulieu

Tous les silences ne font pas le même bruit

Récit

PROCHE

« Mais j'étais sûr d'une chose : quand bien même les homosexuels me répugneraient encore, il m'était impossible aujourd'hui de nier, comme j'aurais pu le faire – et l'avais fait – dans le passé, qu'ils étaient des hommes. Ils l'étaient. Ils appartenaient de plein droit à l'humanité pour une raison simple : ils faisaient partie de l'histoire de la violence humaine. »

Mohamed Mbougar Sarr, *De purs hommes*

À Florent B., artiste peintre,
le véritable héros de cette histoire

À mes parents

Tu es enfant, c'est dimanche soir, tu es installé sur le divan en osier, dans les bras de ta mère, merveilleux bras qui n'ont jamais trahi, jamais manqué à leurs devoirs. Tu portes un pyjama bleu en pilou-pilou, tu as glissé tes pieds nus sous les cuisses de ton père pour les tenir au chaud.

Les infos de 20 heures se terminent.

Tes sœurs sont là aussi. Ton univers. Tu n'as jamais manqué d'amour jusqu'à présent. Jamais manqué de considération. Tout est bien.

Tu es plus chanceux que beaucoup de mômes de ton âge en ce bas monde, sache-le.

20 h 50.

Le film va commencer.

Le film du dimanche soir.

Ta famille regarde. Toutes les familles françaises regardent le film du dimanche soir à l'époque.

C'est quoi ? *La Cage aux folles*. Tu ne sais pas

de quoi ça parle, mais tu vas regarder. C'est quoi, une folle ? La cage, tu en as une vague idée, mais les folles ?

Voilà ce que tu es : juste un enfant, en pyjama de super-héros dans les bras de sa mère, assis sur un canapé.

Tu es l'enfant. Celui du dimanche soir devant la télé.

Un moment, vers 21 h 24, ta famille rit. Tu ris avec eux, sans trop savoir pourquoi, mais tu saisis que ce couple d'hommes, leur gestuelle, leur diction, leurs habits, là, dans le poste de télévision, est un ressort comique qui secoue la poitrine de ta mère.

Ta première humiliation, mais tu ne le sais pas encore.

On a ri pour quoi ? Et surtout, de qui ?

Quelques mois plus tard, même scène, même canapé, mêmes protagonistes, le pyjama est juste un peu plus grand. Au JT du soir, les journalistes abordent la question de l'homosexualité. Tu as sans doute une dizaine d'années.

Toute la famille est là. Maman, papa, ta sœur Ana, ta sœur Marie. Vous mangez devant la télé. On voit deux hommes se tenir la main à l'écran. Tu devines déjà ce que tu es, ou plutôt ce que tu ressens dans ton cœur, dans ton ventre, ce vague sentiment d'« intranquillité » que ton immaturité t'empêche de nommer, mais que tu n'auras pourtant de cesse de combattre jusqu'à l'apaisement, c'est-à-dire, en ce qui te concerne, l'épuisement. L'intime a surgi en toi comme étranger à la norme. Tu le sais et c'est précisément la raison pour laquelle tu dis à voix haute : « Pouah, ça me dégoûte. »

Tu te tournes discrètement vers tes parents, tu guettes. *Expliquez-moi qu'il n'y a là rien de bien grave, et que cela ne mérite pas une telle désapprobation de ma part. Contredisez-moi, papa, maman. C'est juste deux hommes qui s'aiment.*

« Vraiment, c'est dégoûtant ! », rajoutes-tu.

Deux minutes après, le reportage parle du sida. Le terme est lâché : « maladie sexuellement transmissible ». Tu dis tout haut : « Bien fait, ils n'ont qu'à pas faire leurs trucs aussi, c'est pas naturel. »

Papa, maman, engueulez-moi, s'il vous plaît. Mais ta mère ? Silence radio. Ton père ? Rien. Ce n'était pas leur rôle de s'interroger sur ce que tu ressentais, alors ?

Tu avais quoi ? 9 ans ? Tu n'as plus jamais été parfaitement heureux dans ta vie après ça, parfaitement *insouciant*. L'enfance s'est finie comme ça.

Devenu adulte, tu reparles de cette scène avec ta mère. Elle te dit n'en avoir aucun souvenir. Elle s'excuse, aussi, pour avoir ri devant *La Cage aux folles*, elle ne se doutait pas, c'était une autre époque, toutes les familles regardaient le film du dimanche soir et riaient devant.

Elle a raison.

Voilà que tu écris tout cela, et que tu te demandes si ce n'est pas la relecture de ces faits avec tes yeux d'aujourd'hui qui te font voir les choses ainsi.

Est-ce que tu as souffert de cette situation à l'époque ou en as-tu souffert a posteriori ?

Néanmoins, tu es certain que jamais tes parents n'auraient voulu de cette douleur pour toi. Et comment auraient-ils pu savoir ce que, toi-même, tu n'arrivais pas à nommer en toi ?

Peut-être que, sur le moment, il ne s'est rien passé de plus qu'une famille devant la télévision, riant devant le film du dimanche soir. Peut-être. Est-ce que des douleurs « anciennes » peuvent apparaître « aujourd'hui » ?

Est-ce que cette douleur existait avant la rédaction du présent texte ?

Et si non, pourquoi en parles-tu, alors ?

Bien des années plus tard, on t'a demandé de participer, en tant que romancier, à un recueil à destination d'une association venant en aide aux enfants hospitalisés. « L'enfance, pour moi, c'est cette vieille dame très sage qui me prend doucement dans ses bras pour me consoler, et qui, à ma question un peu désespérée, “Ça sert à quoi d'être différent ?”, me répond doucement : “Je ne sais pas, mais si Dieu avait voulu que nous soyons tous pareils, Il aurait commencé par les doigts de la main !” L'enfance, c'est cette vieille dame très sage qui apprend aux enfants différents à savoir aimer avant de savoir mentir. Je ne l'ai jamais rencontrée[1]*. »

Voilà. Tu ne l'as jamais rencontrée. Pourtant, tu es sûr d'une chose : à 9 ans, devant le JT, la vieille dame aurait dû être au rendez-vous. Tu ne sais pas quelle part de mal-être en toi est comptable de ce rendez-vous manqué. Mais tu sais qu'un chien noir a commencé à s'installer dans ton cœur à ce moment-là. Tu sais qu'il a creusé son trou encore et encore.

Personne ne peut s'imaginer la marque indélébile qu'impriment en nous de tels silences.

D'ailleurs : qu'aurais-tu voulu que tes parents te disent exactement ? Tu es né en 1985, trois ans seulement après la dépénalisation de l'homosexualité...

Avec le recul, tu penses que ta famille n'était ni plus ni moins que le fruit de l'époque. Tes parents étaient à la fois totalement normaux et perdus. Simplement perdus. Ce qui t'apparaît tout à fait naturel mais aussi d'une étrangeté certaine puisque tout, dans leur éducation mâtinée d'amour et de bienveillance, visait à t'armer intellectuellement en vue de mieux t'accepter toi-même.

Ta mère ne t'a-t-elle pas donné le goût merveilleux de la lecture ?

Ton père n'a-t-il pas sans cesse flatté en toi le don d'imaginer, de rêver, d'espérer ?

* Les appels de note en chiffres arabes renvoient aux références en fin d'ouvrage.

Ne t'ont-ils pas, tous deux, donné confiance en toi ? Envers et contre tout ?

C'est bizarre. Offrir à son enfant les moyens de sa propre émancipation et, en même temps, redouter (peut-être ?) qu'un jour il ait « besoin » d'user de ces mêmes moyens. Sans doute est-ce là le symptôme d'une maladie bien plus fréquente qu'on ne le croit chez les parents, particulièrement les parents merveilleux comme les tiens le furent en tout point.

Tu as 12 ans.

Tu sais au fond de toi que le premier petit papier plié rempli d'enfantines promesses, ce premier bout de tendresse, tu ne souhaiterais pas le voir atterrir entre les mains de ta voisine de classe. Dans celles de ton voisin de vestiaires, plutôt... Et lui, tu le verrais très bien te le renvoyer avec ces deux mots simples : « Moi aussi. »

Ça n'arrivera pas ; tu n'auras pas droit à ça. Tu auras droit à la brutalité et au mensonge.

Tu emportes en grandissant tes rêves de premières amours, et ce premier émoi cédera la place à un tout autre récit, à une tout autre réalité.

Ta seule première histoire ?

C'est injurier et taper avec les autres gamins de ta classe un pauvre gosse « efféminé » parce que « tout le monde le fait », que c'est « drôle », « bien fait pour lui », et parce que tu crèves de trouille à l'idée que les autres découvrent que tu partages – peut-être – le même secret.

Ta seule première histoire ?

C'est ne pas avoir droit aux mêmes amourettes innocentes que les hétéros, mentir à tout le monde, et avoir envie de mourir, car l'homophobie est un ressort comique qui fait rire vos familles.

Ta seule première histoire ?

C'est ne pas pouvoir répondre à ceux qui t'expliquent « qu'on ne peut pas savoir, à 12 ans, qu'on est homosexuel », car être homosexuel, pour eux, c'est « sucer des queues », pas écrire des petits mots à un garçon ou rêver de l'embrasser sur la joue. L'innocence de ces jeux d'enfants-là est réservée aux amourettes entre garçons et filles. Et cette hypersexualisation des gays, c'est déjà de l'homophobie…

Ta seule première histoire ?

C'est retrouver quinze ans après ce garçon que tu avais martyrisé *avec* les autres, *pour* les autres, pour ne pas qu'on te soupçonne d'être ce que tu étais, pour te fondre dans leur masse.

C'est entendre ce garçon te dire qu'il te pardonne, puis apprendre qu'il a, par trois fois, tenté d'abréger sa vie, et qu'il ne sait pas si c'est dû au harcèlement qu'il a subi enfant. Cette société, telle qu'elle est, telle qu'elle se maintient, nous saccage et nous ampute de grands morceaux de bonheur.

Ta seule première histoire ?

C'est te dire, certains soirs de nostalgie, des trucs absurdes. *Si ça se trouve, ce garçon était le mec de ma vie*, ou, à tout le moins, la première belle histoire d'amour que tu aurais pu raconter un jour à tes enfants, à tes petits-enfants.

Ta seule première histoire ?

Tu ne la confies à personne, car la réalité de ce qui s'est passé est moche.

Tu la tais, cette vérité.

Tu le musellES, ce souvenir.

Tu le tords dans ton ventre.

Comme on essore un torchon mouillé.

Quand tu es gay, la honte et l'hostilité sont souvent les points de départ à ton histoire.

Tu as 13 ans quand un camarade te traite de « pédé » en cours d'arts plastiques.

Tu ne sais plus pourquoi. Tu te souviens qu'il est là, sur la chaise d'à côté, tu dessines avec un crayon HB que tu as pris soin de bien tailler, comme on te le recommande à chaque début de cours, et vous avez dû vous engueuler pour quelque chose de futile (une histoire de crayons de couleur ?), quand il t'a fixé dans les yeux et que sa bouche s'est ouverte pour prononcer ce mot.

Il l'a dit. Surtout : il l'a dit *devant tout le monde*.

Ton sang ne fait qu'un tour et, sans réfléchir, tu lui administres une « Nikita » : tu te souviens de ton crayon qui traverse sa main posée sur la table, de son regard de stupéfaction, suivi d'un long cri quand la douleur est arrivée à bon port. Il a été hospitalisé et opéré dans la journée.

Tes parents ne te demanderont aucune explication : ils plaideront ta cause auprès du proviseur sans te questionner. Casier vierge, pas une seule heure de colle jusque-là. Ce sera la seule fois de ta scolarité où tu seras exclu trois jours du collège.

(C'est en rédigeant ce livre, en parlant avec tes parents de la confiance absolue qu'ils plaçaient en toi et tes actions, que tu apprendras mi-gêné mi-amusé que ta mère au même âge avait planté une fourchette dans la main d'un garçon qui avait promené ses mains dans son soutien-gorge sans lui demander la permission.)

Des années plus tard, tu y repenses : la sauvagerie de l'enfant qui plante un crayon dans la main d'un autre. T'aurait-il traité de « connard » que l'histoire n'aurait pas été la même ? C'est cette différence, ce qu'elle dit de la honte inculquée, et de la violence qu'elle a générée, c'est *tout cela* que tu veux interroger.

On ne devrait pas apprendre à mentir avant de savoir aimer.

Quand tu as 4 ans, tes parents adoptent une enfant, ta future sœur, Ana, un an de plus que toi. Elle est née au Cap-Vert. Ana est noire. Elle aussi, très tôt, plus tôt que toi même, elle doit faire l'expérience de la différence. Tu te souviens d'elle, rentrant le soir de l'école en larmes, car des élèves de sa classe l'avaient traitée de « sale négresse ». Il te faudra des années pour comprendre la connivence inconsciente, puis la complicité tacite, qui s'établira entre elle et toi quand il s'agira d'aborder certains sujets de société lors des repas de famille.

Le regard en coin, le petit sourire, vous deviendrez alliés.

En attendant, vous avez quoi, 10, 12 ans ? Comme tous les enfants de cet âge, vous désobéissez à vos parents. Vous vous relevez le samedi soir, dès qu'ils sont endormis, pour aller discrètement au salon vous vautrer délicieusement devant la télévision. Ana est fan de *Buffy contre les vampires*, toi de *Charmed*. En France, jusqu'en 2006, l'une des plus grandes chaînes du pays diffuse à raison d'une fois par semaine, tard le soir, « La Trilogie du samedi », 3 épisodes de 3 séries. La série américaine *Charmed* relate sur 8 saisons, 178 épisodes d'une heure chacun, les aventures de trois jeunes sœurs dans la ville de San Francisco.

Cette série acquerra le statut d'objet télévisuel culte. Pourtant, aucun des 178 épisodes ne comprendra de personnages gays ou lesbiens. Tu réprimes un rire nerveux en écrivant cela, car l'intrigue se passe à San Francisco... La ville d'Harvey Milk, de North Beach et de Castro. La ville qui a vu l'émergence de la culture LGBT+ et, s'il fallait en nommer un, LE centre névralgique historique du militantisme LGBT+.

Quelle est la probabilité pour que trois jeunes femmes évoluant dans les milieux branchés de la ville ne croisent PAS UNE SEULE personne homosexuelle ? Pas un seul drapeau arc-en-ciel dans les rues, les bars, les restaurants, les boîtes de nuit ? Et ce durant les 178 épisodes ? À San Francisco ! Comment ne pas y voir un processus conscient d'effacement des minorités ?

Ta sœur, non plus, ne verra pas d'héroïnes noires dans *Buffy*, sa série favorite : le personnage de Kendra apparaît durant deux épisodes avant d'être tuée de manière expéditive. Il y a, dans ce souvenir de l'enfant noire et de l'enfant blanc, en pyjama, côte à côte dans l'obscurité, l'oreille et l'œil collés à la télévision, craignant d'être surpris par leurs parents, et cherchant dans la nuit et leurs programmes TV favoris une représentation d'eux-mêmes qui ne viendra pas, un rendez-vous manqué qui se renouvellera chaque samedi, avec régularité.

Vous étiez deux à faire l'expérience de la minorité, deux à chercher des modèles, des traces de vous-mêmes dans les récits des autres : c'était pathétique et bouleversant à la fois. Solitaires à la maison. Solitaires à l'école. Solitaires devant la télévision. Solitaires dans les romans, et leurs mondes imaginaires pourtant si nécessaires à l'acquisition d'une identité individuelle.

Il n'y a pas trente-six solutions à cette problématique : soit l'absence de représentation est intentionnelle, et c'est immonde, soit elle n'est pas intentionnelle, mais inconsciente, et c'est encore bien pire.

Dans tous les cas, il te faudra grandir sans te voir ni te reconnaître nulle part.

Parfois, une major soucieuse de retaper sa vitrine progressiste se décide à introduire dans une saga célèbre un personnage « ouvertement gay ». Mais qui se souvient du baiser lesbien dans le dernier épisode de *Star Wars* ? Personne ? C'est normal, il a lieu entre deux personnages hautement secondaires, en arrière-plan d'une scène où… tout le monde s'embrasse et se congratule ! Des lesbiennes ? Oui, mais noyées dans la masse. Cela n'empêchera pas Disney d'assurer sa promotion durant des mois autour de ce « personnage de l'univers *Star Wars* ouvertement gay ! », suscitant au passage toutes les réactions les plus homophobes qu'on peut imaginer… Les homophobes vident leurs poches à venin sur le Net, ils se vautrent sur leur édredon de haine, ne perdant pas une belle occasion de faire fructifier leur petite boutique à panique morale. L'industrie du cinéma, elle, se rachète un visage réformateur et « tolérant », tout le monde est gagnant, sauf les premiers concernés, transformés en cibles de tir.

L'écurie Marvel n'échappe pas à la règle quand elle annonce un personnage gay dans la conclusion épique d'une saga super-héroïque comprenant vingt-huit films, *Avengers : Endgame*. Passez votre chemin : ledit personnage gay, dénué de tout superpouvoir (y compris scénaristique), évoquera deux minuscules secondes son ex-compagnon sur les deux heures quarante que dure le film. On ne le reverra plus, on ne le mentionnera plus. La scène (comme dans *Star Wars*) présentera au moins l'avantage d'être si anecdotique que la Russie ou la Chine pourront la couper au montage sans qu'elle ne manque à quiconque (et elles la couperont).

Pourtant, ils seront des millions sur Internet à gueuler, à montrer les dents, à crier à la propagande homosexuelle, au politiquement correct, etc. Une fois le film sur les écrans, qui reconnaîtra que l'exigence de représentation revendiquée a finalement tout l'air d'un pétard mouillé ? Que la montagne a accouché d'une souris ? Personne. Mais les homophobes auront eu leur tribune et leur minute d'indignation. C'est ainsi qu'on fabrique politiquement un monstre : le fameux « lobby LGBT », qui réunirait les homosexuels de tous les pays pour exercer son pouvoir et inverser l'orientation sexuelle majoritaire.

Et c'est chaque fois les mêmes polémiques, les mêmes arguments, les mêmes objections auxquelles nous répondons encore et encore, sans être entendus, car on n'abreuve pas un âne qui n'a pas soif. À croire que laisser nos histoires d'amour avoir droit aux images serait, au mieux, un caprice et, au pire, l'apologie de l'homosexualité.

La vérité, c'est que la visibilité de personnages appartenant ouvertement à une orientation sexuelle minorisée est insupportable pour le régime sexuel dominant. Est-ce qu'on reproche à un couple hétérosexuel qui se tient la main de faire de la propagande ? L'autre jour, tu lisais un tweet d'un jeune qui disait : « J'ai vu *Moonlight* deux fois au cinéma, je crois que je vais devenir pédé ! » Pédé... Tu as vu *Mulan* plusieurs fois et tu n'es pas devenu chinois pour autant, et aucun homosexuel ou aucune lesbienne ayant vu *La La Land* ne s'est réveillé hétérosexuel ou avec l'envie subite de jouer des claquettes (quoique...).

Le privilège hétérosexuel est de ne pas penser sa sexualité, de la considérer comme *allant de soi*.

Partant de ce constat (qu'ils n'énoncent jamais), toute revendication de la part des homosexuels, ainsi que leur simple existence (et que dire de leur bonheur !), apparaîtra comme un cheveu sur la soupe. Quel affolement, alors, quand les queers arrivent et réclament à grands cris les mêmes droits civiques, les mêmes droits à la représentation, les mêmes droits au respect...

Creusons un peu.

Pourquoi serait-ce donc si important d'offrir une meilleure visibilité aux minorités sexuelles ? Imaginez donc ! Manquerait plus que le cinéma, les livres, la culture[2] au sens large, fournissent aux jeunes des modèles positifs, bienveillants et rassurants, les aident à réparer le sentiment d'inadéquation qui les habite !

Alors il est vrai qu'il y a du nouveau avec des séries ou des films mettant en scène des personnages LGBT, comme *Heartstopper*, *Euphoria* ou *Élite*. Pour autant, ces productions plus récentes s'accompagnent invariablement de discours du genre : « Mettre des gays partout dans les séries, c'est un effet de mode finalement contre-productif, c'est ça qui fait monter l'homophobie ! » Mais que s'imaginent-ils ? Que des fans d'*Harry Potter* croisant des gays dans la rue vont se dire : *Hein ? Dumbledore est gay ? Ça m'énerve trop, je vais donc insulter ce couple de mecs se tenant par la main, ça me soulagera.*

Refuser une meilleure visibilité des minorités sexuelles n'est pas seulement homophobe. C'est surtout criminel. Les gens qui se plaignent de l'existence de personnages gays devraient être les premiers à s'en réjouir : ces personnages de dessin animé ou de film disent bien souvent ce que les parents sont incapables de faire (par incompétence, par méconnaissance, par rejet ?).

Ils disent qu'on peut être différent, mais apprécié et respecté.

Ils disent qu'on peut être différent, et réussir sa vie.

Ils disent qu'on peut être différent, et avoir droit à l'amour et à la tendresse.

Ils montrent ce que les parents ne disent pas le plus souvent : toi, gamin, tu es important, quoi que le reste de la société en pense, quoi que tu entendes dans la cour de récréation ou à la maison, tu es important et tu as le droit d'*avoir* tes histoires et de *les voir* représentées *aussi*.

L'amour hétérosexuel est *de facto* vu comme l'amour universel. Il est exclusif. Pourquoi s'arrogerait-il le monopole de la « représentation culturelle légitime » ? Et ce dès le plus jeune âge, à travers notamment les dessins animés ? Comme si les enfants ne pouvaient pas apprendre ce qu'est l'amour en dehors de la stricte représentation hétérosexuelle, alors même que – et c'est une vérité haïssable aux yeux des homophobes – les enfants s'en moquent !

Où est le problème ? Que deux filles soient ensemble dans un dessin animé leur permettrait peut-être de poser une question, à l'instar de ma nièce de 6 ans qui, me voyant arriver à un repas de famille accompagné d'un beau jeune homme, me demande si c'est mon amoureux.

« Oui, ma chérie, c'est mon amoureux.

– Deux garçons peuvent être amoureux ?

– Oui, ma chérie. Comme deux filles. »

Ce à quoi elle répond, en tendant son mollet sous mon nez :

« Tu as vu ? Maman m'a acheté des chaussettes de *La Reine des neiges*. »

Traumatisant ? Vraiment ?

Les enfants ont des questions, on y répond simplement et ils passent à autre chose : qu'est-ce qui empêche les adultes de réussir eux aussi ce tour de force ?

Être gay, c'est vivre dans un monde à côté du monde, un monde inconfortable, étrange, où le secret dans lequel l'hétéronormativité* te jette agit comme une cloison de séparation. Ton expérience du monde est toujours solitaire, du moins au début.

* Selon l'association SOS Homophobie, l'hétéronormativité peut se définir comme l'ensemble des normes qui font apparaître l'hétérosexualité comme cohérente, naturelle et privilégiée. Elle implique la présomption que toute personne est hétérosexuelle et la considération que l'hétérosexualité est idéale et supérieure à toute autre orientation sexuelle.

Grandir LGBT+, c'est grandir dissident d'un « régime politique totalisant », et qui prétend pourtant ne pas exister.

Tu as toujours eu du mal avec ce qu'on appelle les *teen movies*, ces films très drama où des adolescents vivent une première histoire d'amour compliquée, mais intense, suffisamment pour faire couler des larmes sur les joues du spectateur. Tu n'es jamais *entré* dans ces films, tu es toujours resté à l'orée. Ça ne te parlait pas de toi, mais ça faisait souffrir quelque chose en toi : tu sens bien que tu n'auras pas droit à cela. Tu n'auras pas droit à l'innocence d'une amourette. Pas quand on se moque de toi dans la cour et qu'on t'injurie à coups de « sale pédé ». Tu es tout seul. Immensément seul. Tu poses un couvercle sur tout ça. Tu embrasses quelques filles, qui méritent mieux que de servir d'alibi, mais c'est comme ça : tout plutôt que de devenir le souffre-douleur.

Quand tu es gay, lesbienne, bisexuel ou trans, tu évolues dans une dystopie permanente. Donnons-en la définition d'après Wikipédia : « Une dystopie est un récit de fiction dépeignant une société imaginaire organisée de telle façon qu'il est impossible de lui échapper et dont les dirigeants peuvent exercer un pouvoir généralement sans contraintes sur des citoyens qui ne peuvent pas atteindre le bonheur. »

Quand toute ta famille rit devant *La Cage aux folles*, tu ris avec eux, mais, au fond de toi, tu sais combien cette situation est étrange. Oui, tu le sais. Tu connais la vérité. Et tu n'es pas avec eux, et eux ne sont plus avec toi. Et tu t'éloignes un peu plus d'eux, à chaque nouveau rire.

Tout devient écran entre ton expérience sensible et celle de tes proches. Entièrement soumis à la peur d'être découvert, tu te parjures en permanence sur qui tu es.

Des années plus tard, tu comprendras que c'est OK d'être un pédé, une pédale, une tante, une tarlouze, une tantouze, un inverti, un uranien, etc. Mais comme grandir LGBT+ est, dans la majorité des cas, ne pas avoir de repères, de boussoles, de représentations positives pour s'armer contre le monde qui t'attend chaque matin, il te faudra composer. Camoufler tes émois en indifférence.

Et surtout, il te faudra aller chercher des modèles ailleurs qu'à la maison, et ailleurs qu'à l'école. Pendant des années, comme tous les enfants, tu n'auras pas à chercher bien loin : la télévision. Ce sera pour toi une double peine, et l'occasion d'une souffrance au carré, puisque les LGBT+ y sont à la fois invisibles et diabolisés. Et c'est de ce jeu permanent entre invisibilisation et diabolisation que naîtra une zone ambiguë à la caractérisation protéiforme, teintée d'étrangeté, et qui rendra ces personnages singuliers, tordus, à la fois repoussants et séduisants, inquiétants et charmeurs, déséquilibrés, dérangeants, bref, en un mot : QUEER.

Tu grandis sans représentations, ou alors seulement stéréotypées. C'est le grand méchant queer*, le vilain de tes Disney, qu'on figure toujours intelligent, rusé, vil, maniéré de mille et une façons. Ce sont tous ces vilains de dessin animé à la sexualité volontairement trouble. Celle du héros ne l'est jamais, il y a toujours une princesse pour lui : un trophée comme un morceau de viande... Et cela aussi, tu te demandes quelles empreintes cela laisse dans la psyché des petites filles, d'être « l'objet récompense ».

Tu parles des manières de Scar dans *Le Roi lion*, des moues effarouchées de Jafar dans *Aladdin*, ou des vestes pailletées et dorées de Ratcliffe dans *Pocahontas* ; ailleurs, dans la vaste géographie des

* Écoutez le podcast « Camille » de la formidable Camille Regache, « Le Grand Méchant Queer », chez Binge Audio, pour plus de développement (d'ailleurs, écoutez tous les épisodes de « Camille »).

imaginaires enfantins, d'un personnage comme le Joker de *Batman*, de James dans les *Pokémon*, aux beaux cheveux zinzolins, toujours une rose à la main. Et que dire d'Ursula dans *La Petite Sirène* ? Elle a directement été inspirée par Divine, l'inoubliable drag célèbre dans le milieu gay underground des années 1980.

À l'adolescence, tu quittes le monde des dessins animés sans trop avoir compris ce qui, dans le schéma récurrent de ces vilains, a peut-être imprimé dans ton cerveau une crainte envers cette part de toi qui est si fine, intelligente, rusée, peut-être parfois si « maniérée » : il faudrait inventer un autre mot pour se réapproprier ce stigmate. C'est OK, d'être maniéré. Tu as le droit d'être qui tu es, comme tu es !

Tu as peut-être inconsciemment enregistré la défiance que tout enfant se doit d'avoir envers les vilains de ces films. Tu as l'âge de découvrir le cinéma, les grands films. Alors ? Alors ne pense pas être tiré d'affaire ! Il y a une liste longue comme le bras de méchants, tous plus queers les uns que les autres, et qui serviront la propagande homophobe hollywoodienne. Formatons, formatons, il en restera toujours quelque chose. Surtout, il y en aura pour tout le monde. Il faut que vous, gay, bi, lesbienne, trans, etc., soyez mal représentés, et représentiez le mal.

Il y aura la bisexuelle meurtrière, sorte de comtesse Báthory bien trop adepte du pic à glace pour être honnête, dans *Basic Instinct*. Merveilleuse

Sharon Stone... Il y aura Norman Bates dans *Psychose*, qui, pour commettre ses crimes, se déguise en femme (prenez ça dans les dents, les trans !) et pas en n'importe quelle femme ! Les habits de maman (c'est-y pas mignon ?) avec laquelle il a l'air, disons-le, d'entretenir des rapports trop chaleureux, il faut bien servir la soupe aux vieilles théories psychanalytiques ! On en parle, du Buffalo Bill du *Silence des agneaux* ? Son trip, c'est d'enlever des jeunes femmes, de les torturer, de les tuer et, après les avoir écorchées, de poser littéralement leur peau de femme sur son corps d'homme. Vous vous souvenez de la scène où, après avoir enfilé des bas, coincé son pénis entre ses cuisses pour se dessiner un sexe de femme, il s'habille en robe et s'agite dans son salon telle une sorte de papillon ? Moi oui. Et je pense qu'il n'y a pas une jeune personne trans au monde qui, ayant vu cette scène, n'en a pas été profondément atteinte et ralentie dans son parcours d'acceptation.

Ah, Buffalo Bill... Son phrasé très pointilleux, insistant, parfois traînant, son petit bichon frisé dans les bras, pendant que ses victimes agonisantes le supplient en vierges martyrisées. Rien n'a été laissé au hasard. Le gay est pervers, la personne trans est vicieuse, rentrez-vous ça dans le crâne à coups de 60 images / seconde. La liste est si longue... Qui se souvient de Mme Danvers, la gouvernante à la folie dominatrice du merveilleux film *Rebecca* d'Alfred Hitchcock ? Dans son hubris de lesbienne possessive et jalouse, elle sera la cause de bien des malheurs arrivant à notre douce et frêle héroïne hétérosexuelle. Qui se souvient d'Alex DeLarge dans *Orange mécanique* qui, après avoir gratuitement défoncé le crâne de sans domicile fixe, aime à se maquiller la paupière ? Amateur de science-fiction, tu as encore en mémoire la voracité homosexuelle du baron Harkonnen, grand méchant dégoûtant et pervers de l'œuvre culte d'une génération, *Dune*. Plus tard, tu as appris que l'écrivain Frank Herbert était friand de sorties homophobes lors de colloques donnés dans des universités américaines, qu'il avait aussi répudié son fils Bruce en apprenant l'homosexualité de ce dernier. Jeté hors du domicile familial, Bruce deviendra un activiste et photographe célèbre, militant acharné pour les droits civiques des minorités, avant de mourir du sida en 1993. On a écrit des biographies sur son père, tu voudrais lire celle de son fils.

Tu ne sais pas l'impact que peut avoir cette rangée de monstres aux personnalités violentes, aux actes ignobles, vicieux et retors, dans une psyché en construction. Comment étalonner son amour-propre quand le modèle standard qu'on nous propose est celui de l'épouvantail ? Et à quel point cela nous affecte-t-il ? Peut-être beaucoup, peut-être pas, mais il suffit de te souvenir de la joie de ta nièce de 6 ans découvrant Wonder Woman et de son empressement à effacer tous ses anciens modèles de princesses pour endosser le costume de l'amazone, et te voilà aussitôt surpris à espérer que vos représentations changent enfin, un jour, en mieux, même un peu. Ce serait déjà beaucoup – on apprend à se contenter de peu, de très très peu, dans un monde d'hétérosexuels lorsqu'on est queer. Tu apprendras.

L'homme que tu es aujourd'hui serait bien en peine de définir ce qu'est l'homophobie. Et pour une bonne raison. C'est que tu serais bien en peine de définir l'homosexualité, et, plus exactement, ton homosexualité. Tu ne te sens pas homosexuel. Tu te lèves le matin, tu vas au travail, tu aimes, tu désires, parfois tu t'engueules avec la personne qui partage ta vie, vous vous déchirez, vous vous réconciliez, mais à aucun moment de *cette vie-là* tu ne te sens intrinsèquement homosexuel. Tu es quelqu'un qui aime quelqu'un, l'homosexualité ne définit pas ton existence. Elle est une chose politique que tes yeux voient 99 % du temps comme un non-événement qui naviguerait en périphérie de ton quotidien. Ton homosexualité n'existe pas pour toi. Elle n'est rien pour toi. De la même façon que l'hétérosexualité n'est rien pour les hétérosexuels. On pourrait en rester là, idéalement. Mais non, puisque cette chose qui n'est rien devient tout, dès lors que d'autres te la rappellent même quand tu n'as rien demandé, comme on obligerait le myope à chausser des lunettes. Plus exactement : l'homosexualité n'existe pas dans ta vie en dehors des moments, nombreux, quotidiens, où l'homophobie, en se manifestant, te ramène à ta condition de dissident de l'ordre sexuel. Tu ne parles pas seulement des accès de violence homophobes auxquels ton couple est soumis régulièrement, mais aussi de toutes les micro-agressions, venant même parfois de personnes qui se défendraient bien d'appartenir au camp des homophobes.

Et c'est la raison pour laquelle tu peux dire que ce livre n'a pas de thèse. Tu ne défends rien. À la rigueur, tu exposes. Des mots, des situations, des émotions. Mais aussi une incompréhension fondamentale entre ton expérience d'être au monde, en aimant avec naïveté, et ce que cette seule existence, à cause de sa « part non choisie », déclenche chez certains d'entre tes congénères.

L'homosexualité, ce n'est pas ton problème. C'est le leur. D'ailleurs, tu ne prétends pas apporter la moindre solution. Orgueilleux celui ou celle qui penserait pouvoir y arriver ! Tout ce que tu sais, c'est que l'homophobie n'est pas un sujet qui ne concernerait *que* la communauté LGBT puisqu'il ne suffit pas d'être homosexuel pour subir l'homophobie, il suffit qu'on suppose que vous l'êtes.

C'est à cause de cela que ce texte s'adresse aussi à celles et ceux qui ne s'imagineraient pas concernés.

Qu'importe si un proche du lecteur de ce livre est gay : oui, qu'importe que votre enfant, votre frère, votre sœur, votre fille, aime les filles si c'est une fille ou un garçon si c'est un garçon, il suffira qu'il ou elle arbore les stigmates de l'homosexualité pour que votre proche fasse l'expérience de la minorité, et parfois violemment.

Tu as plusieurs fois employé le mot « étrange », et tu ignores comment faire toucher du doigt aux lecteurs hétérosexuels cette dystopie dans laquelle tu vis, ce pays qu'on appelle « l'existence » où ton homosexualité ne compte pas *pour toi*, mais est un crachat dans l'œil des autres. Tu es un enfant lambda, mais un enfant qui le sait très tôt : ta réalité est grippée, il y a un grain de sable dans la machine. Ce que tu n'appelles pas encore orientation sexuelle a fait de toi une princesse au petit pois : quelque chose te gêne, t'empêche de dormir sereinement.

Tu te demandes : les personnes hétérosexuelles le sentiraient-elles, ce fameux petit pois, dans une société où l'homosexualité serait la norme et, elles, l'exception ? Comment vivraient-elles dans une société homonormative ? Où elles seraient jaugées, jugées, parfois mises à mort ? Devraient-elles, leur vie durant, se débattre contre une certaine idée du malheur, et essayer jour après jour de se vider la tête de toute la merde dont elle aurait été remplie ? Ne trouveraient-elles pas idiotes / malaisantes les personnes homosexuelles qui les bombarderaient tous les jours de questions toutes plus bêtes les unes que les autres ?

Il doit y avoir un moyen de faire entendre cette gêne-là, de faire sentir ce « petit pois sous le matelas ». Il faudrait tenir la nuque des personnes hétérosexuelles du côté de l'empathie. Lancer un appel : « Et vous, comment vivriez-vous à notre place ? » Oui, mais comment lancer un tel appel ? Avec des questions qui n'ont aucun sens pour elles – de la même manière qu'elles n'ont aucun sens pour toi ?

Ces questions, tu vas les disséminer dans ce livre. De temps en temps. Comme les coups d'un boxeur sur un ring. Là une petite droite, là un crochet du gauche, là un bel uppercut. Tu as la violence en horreur, mais la violence t'accompagne depuis que tu es né enfant homosexuel dans une société hétéronormative, alors ils peuvent bien supporter quelques phrases.

Après tout, comme un adulte a dit à l'enfant en larmes que tu étais, pour le consoler d'avoir été traité de « sale pédé » : « Ce ne sont que des mots. »

Êtes-vous hétérosexuel à la suite d'une agression sexuelle dans l'enfance ?

Tu as quel âge au moment de cette histoire ? 10 ans ? Tu aimes le sport, tu es mince, musclé et – ironie du sort – tes parents t'inscrivent dans un club d'arts martiaux pour « apprendre à te défendre ». Tu trouves très vite tes marques et des amis de ton âge. Plusieurs garçons géniaux que tu adores et qui t'adorent. C'est de rigueur, à cet âge. Il y a Anthony, Pierre, Florent, Chue (il est d'origine hmong) et toi. Les cinq inséparables du cours de kung-fu.

Et le prof, bien sûr. Le super prof. Le prof génial. Xavier. La quarantaine. Petit, râblé, tout en muscles et en sourires, le mec toujours présent pour vous, les petits gars du cours. Pédagogue. Protecteur. Tous les parents l'adorent et pourquoi n'en serait-il pas ainsi ?

« J'organise un petit stage pour les gars cet été ! Ça vous dit ? » Les parents disent oui. Les parents sont contents. Ils apprécient Xavier, et Rose, sa compagne. Toujours souriante, toujours présente, toujours à fond. Rose est rassurante. Et puis c'est sympa de pouvoir souffler une petite dizaine de jours sans le gamin dans les pattes…

On part. En stage. Chez Xavier. Le. Super. Prof. Et. Rose. Sa. Super. Compagne. Les parents n'ont pas peur. Pourquoi auraient-ils peur ? D'ailleurs, Rose est aussi la maman de Pierre.

Deux ans. Deux ans de suite. Deux étés de suite. Tu iras.

Un jour, Florent, le plus courageux (c'est sans doute faux, ce que tu viens d'écrire, car il n'y a ni lâches ni héros dans cette histoire, mais Florent, c'est le héros que tu as choisi), ne vient plus en cours de sport. Tu ignores pourquoi. Xavier, lui aussi, est absent. Un remplaçant assure la continuité des cours, avec le sourire, « la patate », comme ils disent en usant de cet entrain surjoué si usité dans ces clubs sportifs. Le remplaçant est bon pédagogue, et ses cours sont presque comme ceux de Xavier. Presque. Tu veux dire : sans les viols la nuit.

Tu pourrais pousser tes pions comme dans une partie d'échecs, plaider (mal, sans doute, ou pour le moins insuffisamment) à un procès que tu ne gagneras pas de toutes les façons, et tu pourrais soigneusement éviter le meilleur et le pire des arguments sortis de ta manche. Il faudrait que tu parles de ce que tu as tu en disant « je », mais tu ne peux pas habiter cette partie-là de ton histoire en entier, car cette vérité est trop difficile, car elle est ce que font l'hétéronormativité et sa loi à des petits enfants comme toi dans une société comme celle-ci, des enfants qui sont aussi les leurs, aux hétérosexuels.

Faut que ça sorte, comme un abcès qu'on crève, comme une patte morte qu'on coupe pour se libérer de la mâchoire d'acier qui s'est refermée dessus. *Je la coupe, je la dépose dans ce livre, puis je referme ce livre, et j'avance. Oui, j'avance. À cloche-pied, en claudiquant, mais j'avance.*

Voilà.

Dans les vestiaires, tu as 12 ans alors, une ambiance bizarre plane et tu surprends une discussion entre les grands, quelques mots chuchotés qui te glacent le sang jusqu'aux os. « Il était pas un peu efféminé Florent ? Il faisait un peu... enfin... tu vois ce que je veux dire... Tu crois pas qu'il a pu inventer toute cette histoire ? Enfin, inventer... tu vois ce que je veux dire : fantasmer... » Puis le mec qui vient de prononcer ces paroles rit grassement. Tu te fais le plus petit possible. Tu pourrais passer entre le mur et la tapisserie sans la décoller, mourir là, dans un coin moisi, sombre et inconnu de tous et toutes : qui aurait l'idée d'aller chercher le cadavre d'un gamin derrière une tapisserie ? Personne. Le tien y est encore, d'une certaine façon.

Tes parents sont venus te chercher ce soir-là, à la

fin du cours. Le directeur du club, bon ami de ton papa, l'attrape par le bras : il veut lui parler « entre hommes ». Parler à ton père ? Ta mère, qui assiste à la scène, s'émeut : « C'est quoi ces messes basses ? Et pourquoi ça dure deux heures ? Et pourquoi on me met de côté ? » Ton père revient, la mine défaite. Il chuchote à l'oreille de ta mère. Ton ventre se serre. Ils vont savoir. Ils vont deviner. *Ils vont découvrir mon secret et ils ne m'aimeront plus. Et ils me détesteront. Et je mourrai de honte. Et ils vont dire que je suis efféminé, moi aussi. Et que j'ai peut-être « fantasmé »*. Tu en es sûr, à cet instant-là, dans ta petite tête d'enfant qui confond tout parce qu'il est né dans une société qui elle-même confond tout, et qui entretient certains amalgames (dans quel but ?). Cette société-là, tu en es l'enfant, et comme elle pense, tu penses. Et comme elle bouge, tu bouges, et quand elle agite sa baguette de chef d'orchestre, tu dois chanter et tu dois jouer. (Tes larmes coulent en écrivant ces mots. Tes larmes coulent chaque fois que tu repenses à ça. À chaque putain de fois.)

Le trajet de retour dans la voiture est à la fois silencieux et bruyant. Les chuchotis de tes parents font un bruit monstrueux. Ils vont savoir. Ils vont deviner. De la banquette arrière, tu entends qu'on questionne encore la « féminité » de Florent. Ton ventre se tord. Tu as 12 ans, putain de merde. 12 ans. Tout le long de cette horrible, violente, atroce histoire, cette fameuse *féminité* prêtée à Florent ne cessera de revenir sur le tapis.

Le soir, on te couche, tu fais semblant de dormir, te relèves en douce, et tu vas écouter derrière la porte de la cuisine tes parents qui n'en finissent plus de disserter *sur toi sans toi*. Sur ce qui s'est passé là-bas, au stage d'été. Ce qu'ils appellent « le problème ».

Ton père lâche : « Je te promets, chérie, si Xavier a fait du mal à Baptiste, je le tue. Je sais pas comment, je sais pas quand, mais je te le promets : je le tue ! »

Jamais tu ne te sortiras cette phrase de la tête. Jamais. Tu ne dors pas cette nuit-là. Tu sais qu'elles vont venir, ces questions auxquelles tu ne veux pas répondre. Et quand elles viennent, tu n'as pas d'autre choix. Ils vont deviner pour toi. *Ils vont savoir qui tu es (aimes).* Comme Florent. Et tu ne veux pas qu'ils sachent. Et tu ne veux pas qu'on mette ton papa en prison quand il saura et qu'il ira tuer Xavier, car tu es un gosse *qui croit* ce que dit son père. Alors tu mens. Tu as peur d'être abandonné parce que tu serais – tu le devines déjà peut-être – *un peu pédé.*

« Non, je vous promets, il ne m'a jamais touché, et puis je me serais pas laissé faire, ça va pas ?! » Tu as dit avec la voix la plus grave, la plus masculine possible, et l'air d'un boxeur concentré.

Tu as 12 ans. Aujourd'hui tu en as 38. Tu ne veux pas juger l'enfant que tu étais et les réactions qui furent les tiennes avec ton œil d'adulte. Mais tu ne peux pas t'en empêcher. C'est humain, non ? Cependant, tu te demandes : qu'est-ce qui se passe dans cette société, ou non, pardon, disons plutôt qu'est-ce « *qui passe* » dans cette société* pour qu'un enfant confonde les multiples agressions pédocriminelles dont il fut la proie avec l'homosexualité ? Et pour que cet enfant préfère démentir / abandonner son meilleur ami, cacher sa propre souffrance, et renoncer à la justice qu'il mérite en tant que victime, et ce afin qu'on ne le soupçonne pas d'« être » homosexuel ?

Qu'est-ce « *qui passe* » ? De quoi est-elle irriguée, cette société ? Qu'est-ce qui filtre, à travers les films, les pubs, les blagues, l'humour, les livres, les mots entendus à la maison, puis répétés dans les cours d'école, et qui coule en goutte-à-goutte fangeux dans la tête des enfants ?

Un élément aussi ne cessera de te bâillonner : qu'on imagine ton orientation sexuelle découlant de ces actes commis contre toi, sur toi, dans toi. Tu savais qui tu aimais bien avant d'être agressé. Et cela n'a rien à voir avec *ce qui s'est passé*.

Qu'est-ce que ces actes ont sédimenté en toi ? Y ont-ils laissé une empreinte qui a, parfois, souvent,

* Il a été plus facile de parler d'homophobie plutôt que de société cis-hétéro-patriarcale, pourtant parler de l'une ne peut s'envisager sans parler de l'autre : c'est parce que la société est telle qu'elle est, parcourue de tels rapports de domination, que l'homophobie est rendue possible. Ne parler que de l'homophobie, en occultant ce qui rend cette homophobie possible, reviendrait à tenter d'analyser un effet sans questionner sa cause. Dépolitisant et vain.

vicié tes relations avec les garçons ? Oui, sans doute. Ont-ils décidé parfois de la manière dont tu aimes ? Peut-être, tu ne sais pas. De qui as-tu peur ? Toujours, ça oui. Mais ont-ils décidé de ton orientation sexuelle ? Non. Jamais. Ils n'ont pas orienté cette pente naturelle en toi. Tu préférais les garçons avant, et ça n'a rien à voir avec ce que cet agresseur adulte a commis contre le toi d'alors. Et le penser est indigne, dégueulasse, et participe de ces amalgames entre pédocriminalité et homosexualité, ces mêmes préjugés qui t'ont muré dans ce putain de silence pendant presque vingt-cinq ans.

Imagine-t-on appliquer à une femme victime dans l'enfance d'un pédocriminel la même rhétorique qu'on inflige aux hommes homosexuels abusés dans des conditions identiques ? Lui expliquerait-on avec aplomb : « Non, mais tu sais, Monique, je pense que si tu es devenue hétérosexuelle, c'est parce que cet homme de 50 ans t'a violée quand tu en avais 10... Tu as déjà pensé à ça ? »

C'est fou comme ce raisonnement paraît absurde et d'une violence sans nom lorsqu'il est appliqué à des personnes hétérosexuelles ! Pourtant, on ne se privera pas d'en user également contre les femmes lesbiennes victimes d'abus dans leur enfance, mais en inversant la rhétorique, histoire d'entériner le préjugé opposé : « Si tu as été agressée dans ton enfance par un homme, alors tu n'es pas née lesbienne, mais tu l'es devenue, par détestation des hommes, évidemment*. » Ainsi entretient-on les stéréotypes : les lesbiennes détestent les hommes, et les gays le sont devenus par contiguïté avec l'acte pédocriminel qui fut commis contre eux enfants.

Ce sceau que vous marquez sur nous ! Qu'aggrave cette fatalité d'avoir à porter sur nos épaules ces crimes commis par d'autres ! De quel trésor intime nous prive-t-on en subordonnant nos sexualités à ce crime originel ? Qu'aurait donc été ton désir, s'il n'avait pas été sali ainsi ?

Pour l'ordre établi, on ne pourrait être homosexuel ou lesbienne *pour rien*. L'orientation sexuelle minoritaire est un *accident de parcours*. Ces chaînes que vous nous mettez aux poignets et au cœur... Comme si vous nous tordiez le bras et la nuque, et que vous nous répétiez à l'oreille ces mots, telle une malédiction :

« Tu ne sauras jamais qui tu aurais pu être, donc qui tu es vraiment, si cet homme n'avait pas croisé ta route. Cette histoire ne te quittera jamais. Elle a déglingué ta vie, ton désir, tes amours pour toujours. Il n'y a pas d'échappatoire. »

Si, évidemment, tous les hommes homosexuels n'ont pas été agressés enfants, les journalistes formidables que sont Matthieu Foucher et Youen Tanguy relaient[3] dans leurs articles des témoignages glaçants et des chiffres terrifiants : « Les hommes gays sont près de huit fois plus exposés aux

* Attendez qu'on leur parle de la notion de lesbianisme politique !!!

violences sexuelles intrafamiliales que les hommes hétérosexuels (5,4 % contre 0,7 %). Ces violences, qui regroupent les sévices commis par les membres d'une même famille, mais aussi par les proches côtoyant quotidiennement ce cercle, sont pour la quasi-totalité infligées sur des mineurs[4]. »

HUIT. FOIS. PLUS.

Le livre que vous tenez entre les mains lance en l'air une hypothèse radicale : si ce chiffre est effroyable, ce n'est pas parce que homosexualité et pédocriminalité seraient liées, comme aime à le prétendre la propagande homophobe, MAIS bien parce que, par un flair propre aux prédateurs de leur espèce, les pédocriminels se servent de ce préjugé pour enfermer ces enfants dans un piège dont ils ne peuvent sortir qu'à leurs dépens. Un piège dont la société tout entière, en servant de caisse de résonance aux idées reçues les plus homophobes, est l'insupportable complice.

Il y a, chez l'enfant queer, une solitude effrayante qui prédispose à toutes les vulnérabilités. Qui m'aimera puisque la société n'aime pas le pédé en moi ? Qui me défendra puisque le pédé en moi n'est pas défendable ?

Il faut donc, avec urgence et nécessité, que tu l'écrives ici puisque personne n'a jamais été foutu de te le dire, et puisqu'on t'a même seriné l'inverse. Tu te l'écris donc, à toi et à celui qui le lira et chez qui, malheureusement, ces mots pourraient faire écho :

Tu n'es pas « devenu » homosexuel car il t'a agressé et violé, mais il t'a agressé et violé car il sentait que tu étais en questionnement, donc fragilisé. Et dans la société où nous vivons, ton agresseur serait en mesure de retourner ces questionnements contre toi pour te faire taire, et user de cette fragilité comme d'un levier commode, sur lequel agir pour s'assurer de ton silence terrifié.

Combien sont-ils, les enfants comme toi, que ce préjugé homophobe a emprisonnés au bénéfice des prédateurs ? Cette confusion savamment entretenue par notre système est du pain bénit pour eux. Quelle mécanique bien rodée. Remarquable. C'est parce que, précisément, cette société est ce qu'elle est, et qu'elle pense ce qu'elle pense, que la dévalorisation et les préjugés attachés à ton orientation sexuelle ont été pour ce prédateur une aubaine, un piège de plus dans sa besace d'agresseur, une des dents de la mâchoire d'acier où nous fûmes enfermés, au milieu des forêts, du silence et de la honte.

« Mais enfin pourquoi tu ne nous as rien dit ? », te demanderont tes parents bien des années après, quand tu auras enfin le courage de vider ton sac. La réponse est d'une simplicité enfantine :

« J'avais peur que papa le tue et aille en prison. Et j'aime papa. J'avais peur que vous deviniez que j'étais homosexuel, ou que vous pensiez que je pouvais le devenir à cause de ça. Alors que je l'ai toujours été, bien avant cette histoire. Et que mon orientation sexuelle n'avait rien à voir avec les agissements d'un pédocriminel. Mais j'avais 10 ans quand il a commencé à m'emmener en forêt la nuit. Je confondais tout. Maintenant, j'ai envie de hurler, de casser le monde en deux, et de le laisser comme ça, sans même le réparer. Le laisser comme je suis, comme je me sens. Brisé. »

Parfois tu as envie de répondre ça. Parfois tu crois naïvement qu'un garçon gentil, doux, tendre, un peu rêveur, un peu poète, aux yeux de biche, saura réparer ce qui est cassé en toi. Puis, parfois, tu as envie de leur demander, aux adultes d'alors, pourquoi ils n'ont pas suivi ce qui s'est dit au procès. Pourquoi personne, absolument personne au club de sport, ne s'est renseigné. Pourquoi ont-ils toutes et tous continué à défendre le merveilleux Xavier ? À traîner Florent et ses parents dans la boue avec cette excuse ignoble : « Ils font ça pour l'argent, c'est sûr. »

Comment ont-ils pu toutes et tous ignorer les aveux de Xavier ? Ignorer qu'il a reconnu les faits commis sur la totalité des enfants*.

* Sauf toi, puisque tu es le seul du groupe à ne pas l'avoir incriminé, puisque tu as été lâche, et que tu as laissé tomber tes amis. Va vivre avec ça. Avec le sentiment d'avoir abandonné tes amis. Les amis de ton âge, qui vivaient la même chose, et que tu as laissés se battre seuls. Seuls. Une part de toi sera toujours enfermée dans ces bois où il t'emmenait. Dans cette voiture sale et cabossée qui puait le mégot et la sueur, la sienne.

Comment se peut-il que même Rose, la maman de Pierre et la femme de Xavier, ait reconnu ne pas méconnaître ce qui se passait et avoir « laissé faire » ?

Comment se peut-il que, le jour du procès, Florent t'ait dit avoir vu Xavier venir avec sa nouvelle compagne, et que celle-ci était enceinte, et au courant des accusations portées contre le futur père de son enfant ?

Alors, vous en pensez quoi ? Vous en êtes fiers, vous, de cette société ? Et de ses valeurs ? Et de ce qu'elle met dans le crâne des enfants différents ? Vous en êtes contents ? Vous la trouvez comment ? Généreuse ? Inclusive ? Vous la trouvez digne, dites-moi ?

Il te faudra vingt-cinq ans pour oser prendre le téléphone et écrire ce message à Florent, devenu artiste peintre dans une capitale européenne :

> *Salut Florent,*
>
> *J'espère que tu vas bien, et que tout roule pour toi.*
>
> *Est-ce que tu crois qu'on pourrait s'appeler un de ces quatre ? J'essaie de comprendre ce qui m'arrive en ce moment, par rapport à certains souvenirs qui reviennent, très violents, de ce dont, peut-être, tu ne veux pas reparler.*
>
> *J'espère vraiment du fond du cœur que ce message ne remuera pas la merde, et ne t'importunera pas. Vraiment.*

Je t'embrasse,
Ton ami,
B.
P.-S. : Je suis désolé, j'espère vraiment que je ne te blesse pas.

Tu pleureras toutes les larmes de ton corps, recroquevillé en position fœtale, lorsque tu l'entendras te consoler au téléphone :

« Tu ne m'as pas abandonné, Baptiste. Tu as fait ce que tu as pu. On était des mômes. Y a rien à pardonner, et je suis heureux aujourd'hui. J'aimerais que tu le sois aussi. »

Voilà. Tu lui as dédié ce livre. Tu respireras peut-être un jour un peu mieux. Être heureux, apaisé ? Un jour, qui sait ?

Tu as 13 ans en 1998 quand Matthew Shepard est assassiné et que la nouvelle de sa mort fait le tour du monde. Tu ne sais plus exactement comment, à l'époque, tu découvres son histoire, mais elle va t'obséder, non comme un fait divers, comme une leçon définitive qui te serait adressée à toi seul.

Matthew, ses assassins l'ont abordé dans un bar, lui ont demandé s'il était homosexuel comme eux. Ils lui ont proposé de le ramener. Tu te souviens de la photo de Matthew : il a juste 21 ans et il est d'une beauté à couper le souffle. C'est à l'intersection des routes de Pilot Peak et Snowy View que c'est arrivé. Ils l'ont sorti du pick-up, et ils ont transformé son histoire en ce que l'Amérique considère comme « le pire crime de haine homophobe perpétré sur son territoire[5] ».

L'autopsie a révélé qu'ils l'avaient torturé plusieurs heures. Des coupures jusqu'aux os, le crâne fracturé en plusieurs points, on a dit qu'il était défiguré. On a dit tellement de choses… Lui ont-ils brisé les dents ? On t'a dit alors que c'était ce qu'on faisait aux homosexuels, pour « qu'ils sucent mieux ».

Ces hommes l'ont abandonné en le croyant mort, après avoir attaché son corps à une barrière, ils l'ont laissé

comme un Christ obscène,
un étrange pantin,
blond,
évanescent.

Il a survécu durant dix-huit heures. Dix-huit heures au bord de la route immense. Dix-huit heures dans la nuit, puis le petit matin. Quand a-t-il perdu connaissance ?

Tu te poses la question, car si tu sais qu'il a eu peur, et si tu sais qu'il a eu mal, ton toi de 13 ans ignore COMBIEN il a eu peur et mal et COMBIEN de temps… C'est prosaïque, indécent, voyeuriste, sans doute, mais… a-t-il regardé vers la route ? A-t-il espéré que quelqu'un vienne ?

Mille questions stupides se bousculent dans ta tête.

Est-ce qu'il a su, par quelque pressentiment surnaturel propre aux martyrs, que vous penseriez à lui, un jour, les enfants gays de 13 ans ?

Il aurait dû vivre.

Il aurait dû aimer, vieillir, mourir dans son sommeil.

Tu entendras aux informations, ou tu liras dans un journal, que certains auraient dit ne pas s'être arrêtés car la barrière était plantée en bord de champ : les automobilistes l'avaient pris pour un épouvantail.

Un épouvantail... Cette partie de son histoire, tu n'arrêtes pas d'y penser. Une voix te murmure que c'était, sans qu'ils ne le sachent peut-être eux-mêmes, le but poursuivi par ses assassins : faire peur aux gens et particulièrement à ses frères et sœurs queers. Il était l'instrument d'un rappel à la loi, et nous étions les oiseaux à effrayer. Cette vie volée, brisée, exposée comme un avertissement.

Tu grandiras en pensant si souvent que sa destinée pourrait être la tienne.

Oui, tu as des couloirs de souvenirs remplis d'épouvantails. Ils posent, tous, un index sur leur bouche pour t'intimer le silence.

Matthew... Combien d'entre vous auraient pu être lui ? Et combien dans la longue et interminable histoire de la violence l'ont-ils été *effectivement* ?

Devenu adulte, tu te retourneras sur ces drames,

et, essayant d'en tirer une leçon, ou pour le moins d'apercevoir le grand dessin derrière la mosaïque des tragédies, tu en concluras ceci : quand on remonte la chaîne des responsabilités, c'est le même système qui tient le revolver.

« La meuf était méga bonne ! », explique, verveux, Aurélien, 14 ans, à une assemblée de garçons du même âge, dont tu fais partie.

Vous êtes dans le vestiaire pour hommes de ton club de sport et vous causez nanas. Plus exactement ILS causent d'actrices porno, ce qui, à cet âge et pour vous les « gars », est la même chose que « les filles », ou sert le même but : apprendre à être un homme, un *vrai*.

« J'ai été incapable de me retenir ! » jacasse-t-il.

Sourires de connivence. Hochements de tête. Les camarades veulent en savoir plus.

« J'ai même pas eu le temps d'aller chercher un mouchoir... »

Il tient son auditoire, ça lui plaît donc d'ajouter :

« J'ai joui dans une boîte de thon vide qui traînait sur la table. »

Suivent les rires gras des camarades. Même si cela les gêne, ils aiment bien imaginer la scène...

À l'adolescence, tu sens l'étau de la sociabilité masculine se resserrer. Les garçons se racontent leurs fantasmes et leurs conquêtes : ils attendent que tu fasses pareil. Tu es prolixe sur ton goût prononcé pour les « gros seins ». De la même façon, un ami homosexuel te confiera s'être senti obligé de prétendre, lors d'un déjeuner dominical entre cousins, s'être « tapé » la plus jolie fille du lycée « et toutes ses copines ».

C'est la course à la virilité. Le but étant de « produire » de la masculinité et de l'hétérosexualité, et que celles-ci soient débordantes. Ils s'y attellent avec diligence, les garçons, et souvent en se moquant des filles, en les objectivant. Tout y passe, de leur poids à leurs mensurations. Il faut aussi, pour élaborer cette identité *mâle* et *hétérosexuelle*, se prêter des qualités d'étalon bien exagérées : vas-y que ça s'échange des adresses de sites porno, vas-y que ça parle des films qu'ils ont vus, du nombre de fois qu'ils ont joui et de l'excitation inégalable que suscite la vue d'un sexe féminin.

Tu te dois de répondre à cela, pour te disculper de toute déviance : oui, les actrices porno te font bander ; oui, le mépris des femmes est un topos où tu te reconnais ; oui, toutes des putes sauf maman ; oui, toutes des chiennes qui n'attendent qu'un bon coup de queue de ta part. Votre appétit pour les filles doit être ostentatoire et vulgaire, leur dévaluation maximale. Comment construire son identité de mâle face à une telle injonction contradictoire : à la fois mépriser les femmes *et* clamer son désir pour elles !

Il y a aussi ce mélange ambigu : se rassurer en permanence *entre garçons* sur notre stricte hétérosexualité *tout en* se prêtant en groupe à d'étranges rituels de passage homoérotiques*. Peu en parlent, mais nombreux sont ceux qui « se branlent entre potes devant du porno », allant même jusqu'à codifier de tels rites afin d'y départager ce qui est acceptable et ce qui ne l'est pas (le fameux « c'est pas gay si tu ne croises pas le regard de ton pote »).

Il y a là un paradoxe passionnant : ces jeux homoérotiques existent pour performer l'hétérosexualité des participants. En gros : c'est parce que leur hétérosexualité ne fait aucun doute qu'ils peuvent s'y adonner sans crainte, contrairement à un « vrai » pédé.

Les blagues autour de la savonnette qui tombe ou du mythique « jeu de la biscotte[6] » en témoignent : ces drôles d'incartades à la *doxa* hétérosexuelle auront même le culot de se dérouler, comme ici, dans le lieu hétéronormatif par excellence : le vestiaire des garçons. Un lieu où tu auras toujours du mal à mettre un pied, car il te rappelle entre tous que si garçons et filles sont séparés**, c'est parce

* Tu retrouveras les mêmes mécanismes bien des années plus tard, lors de ton bizutage en école de médecine. On déguise les garçons en filles, on nous met une fraise Tagada entre les lèvres et on doit la faire passer entre celles de notre voisin sans utiliser les mains.

** Si les vestiaires existent pour que les garçons ne regardent pas les filles, alors tu n'avais rien à faire dans ce monde-là, t'étais une anomalie car, toi, t'aurais pas regardé les filles (ou alors seulement pour *faire comme eux*).

que le monde est *littéralement* hétérosexuel, et pour que cet espace le reste strictement, ton orientation sexuelle y sera, plus qu'ailleurs, moquée / diabolisée / phagocytée par les codes sociaux masculins. Longtemps, tu détesteras cet endroit, où tu te sens un intrus, et où la nécessité de ne pas être soi s'impose *impérativement*[7].

De la même manière que tu n'as pas, à l'époque, les armes intellectuelles pour penser ta sexualité en dehors de son périmètre strictement intime (c'est-à-dire comme objet politique), tu n'as pas conscience, encore, de l'infinie capacité des hommes hétérosexuels à penser leur masculinité comme un produit livré « clés en main ». Pour eux, la virilité est une peau qu'ils enfileraient telle quelle, concomitamment au shoot hormonal pubertaire, et non une lente édification ethnologique, dont les principales fondations sont, bien évidemment, la complicité masculine, l'entre-soi, mais, avant tout, l'opposition quasi systématique au féminin d'une part, et à l'homosexualité d'autre part.

Tu repenses à tes 20 ans, et à la façon dont un ami fêta son dernier jour en tant que « garçon ». Les « enterrements de vie de garçon » constituent un point de démonstration précieux : on y déguise parfois les hommes en femmes, on les affuble de tenues féminines pour les « ridiculiser » et en rire entre potes. Étrangement, on ne déguise pas les futures mariées en hommes : une fille ne serait pas ridiculisée par un tel travestissement. Elle est, cependant, souvent déguisée en travailleuse du sexe, histoire de bien marquer la différence de statut social entre sa qualité de future femme mariée, c'est-à-dire appartenant à un homme, et celle de « fille publique » dévaluée car « appartenant à tous ».

Bien des années plus tard, tu riras de ces deux amis hétérosexuels qui, dînant ensemble au restaurant, demanderont à être placés côte à côte, et non face à face, pour « ne pas faire gay ». Ayant assisté à une telle scène, touchante de fragile masculinité, tu ne seras pas étonné lorsqu'une amie guichetière te rapportera en ricanant avoir souvent vu des hommes hétérosexuels aller au cinéma entre amis, mais s'arranger pour laisser une place entre eux dans le seul but de ne laisser aucune équivoque possible...

Voilà peut-être un début d'explication à la raison pour laquelle tant d'hétérosexuels hommes sont silencieux sur la question des droits civiques LGBT : si un simple cinéma entre potes suscite chez eux la crainte d'« être pris pour... », alors, que penserait-on s'ils disaient ouvertement soutenir la cause des minorités sexuelles et de genre ?

C'est souvent ridicule, un homophobe. Très tristement, c'est surtout souvent un ignorant des causes qui le déterminent. Cette virilité toxique est une prison aux barreaux bien plus épais que la fine cloison du placard où se terrent les pédés, les gouines et les trans.

Le garçon doit apprendre sa leçon* et préparer en lui le petit soldat de l'Ordre sexuel dont il sera, de mille et une façons – la plupart involontaires –, un des maillons. Les règles édictées par cet Ordre sont très claires :

– les pénétrants doivent pénétrer ;

– les femmes doivent être pénétrées ;

– les hommes doivent pénétrer les femmes ;

– les femmes ne doivent pas jouir entre elles sans un homme ;

– les hommes ne doivent pas se pénétrer entre eux ;

– se pénétrer entre hommes, c'est déchoir de son statut dominant, c'est s'abaisser.

Ainsi, l'insulte « Va te faire enculer » résonne ici avec une ironie mordante, pour celui qui sait, pour celui qui connaît les déterminismes qui poussent (à leur corps et à leur inconscient défendants) les hommes hétéros à lancer cet anathème. Insulte suprême, avilissement de tous les avilissements : « Va te faire enculer**. » Pour les gardiens du sacro-saint patriarcat, le monde doit être ordonné. L'homme

* Et peu importe qu'il soit hétérosexuel ou homosexuel, l'important est de filer droit et, à ce titre, une simple présomption suffit. Lire à ce sujet le très beau livre de Magyd Cherfi, *Ma part de Gaulois*, Actes Sud, 2016.

** Que fait ce flic quand il enfonce sa matraque dans l'anus d'un jeune Noir d'Aulnay-sous-Bois sinon appliquer cette politique de l'anéantissement d'autrui ? À quelle politique de l'avilissement se réfère-t-il quand il agresse ce jeune Noir accompagné de trois collègues ?

dessus. La femme dessous. Ainsi va l'ordre sexuel* : brutaliser tout non-conformisme, tordre le bras à la moindre dissidence. Ils seront pourtant, à la moindre occasion, les premiers à accuser la « propagande LGBT » sans s'imaginer une seconde que l'idéologie est de leur côté ou que penser le monde ainsi et le modeler à leur convenance, c'est idéologique.

* Citons, à ce titre, la figure hébraïque de Lilith, première femme d'Adam, qui, pour s'être rebellée en refusant de se mettre sous lui et en voulant se mettre au-dessus, fut condamnée par les anges et devint la figure féminine démoniaque par excellence, reine des chacals et des chiens errants, tueuse et dévoreuse d'enfants, princesse de la nuit.

Pendant les années lycéennes, puis universitaires, tu bois, tu danses, tu fais la fête, pourtant tu te sens agoniser lentement sous le poids du mensonge. À ce terme, tu préféreras le mot « secret ».

Quand on tombe amoureux, on voudrait (parfois) le crier, s'en réjouir à haute voix, « ça y est, ça m'est arrivé », on y croit et on est plein d'illusions. Cette naïveté-là se heurte alors au mur que la société a patiemment dressé en nous, cette porte de placard, cette marque de la honte qui nous pousse au silence, au simulacre. Mais cela déborde. C'est trop. Il faut que la vérité sorte : non pas j'aime / je désire les hommes si on est un homme, mais, tout simplement, j'aime / je désire quelqu'un, et il se trouve que cette personne est du même genre que moi. Il faut que ta voix porte. Mais comment le dire ? Et t'aimera-t-on autant ? Tu as tellement honte, et tu te sens si seul.

Les livres seront ton refuge. Tu lis. Beaucoup. Depuis toujours. De tout, mais particulièrement de la littérature de l'imaginaire. Tout ce qui est trop « ancré » dans le réel te ramène sans cesse *ici* et *maintenant*, quand tu n'as, justement, pas envie d'y être.

Étrangement, c'est aussi à cette époque-là, entre deux révisions du baccalauréat, que tu te remets à lire des contes de fées, notamment un auteur, Hans Christian Andersen. Ses récits t'apaisent, tu ignores pourquoi, la plupart d'entre eux sont tragiques, et surtout un, qui n'aura de cesse de te fasciner, son plus célèbre, *La Petite Sirène*. Loin de l'histoire d'amour édulcorée du long-métrage de Disney, il y a dans le conte d'Andersen une tragédie qui résonne inexplicablement, alors, avec ta vie de jeune adulte découvrant sa sexualité. Le drame de cette Ondine qui redevient écume et meurt, par amour pour un homme, tu y penseras particulièrement quand, au hasard de déambulations festives nocturnes, de passage sur un pont, le sang chargé d'alcool, tu songeras à sauter. Être comme Ondine, disperser le poids de ton corps et de ton secret en autant d'atomes qu'en contient cette eau froide, te mélanger au Grand Tout, et être de tous les silences et de tous les repos.

Mais comment font-ils, les autres, les *comme toi*, pour y arriver, pour le dire, et celles et ceux qui n'y arrivent pas, pour ne pas crier ? Et même une fois que la chose est dite, comment font-ils pour gérer la honte et pour s'aimer ? Certains ont l'air d'y parvenir facilement. Sans effort. Tu les admires. D'autres, dont tu te sens plus proche, se font du mal. Ils se blessent, se mutilent, se jettent dans la drogue, ou, pour celles et ceux qui peuvent, transcendent leur mal-être en le sublimant, qui par la peinture, qui par la sculpture, le théâtre, la mode, ou l'écriture, à l'image, par exemple, d'un certain... Hans Christian Andersen.

La révélation, presque quinze ans plus tard, de l'histoire se dissimulant derrière le conte va te bouleverser. Qu'il est étrange, ce sentiment d'amitié et de fraternité que tu te découvres parfois avec des êtres nés et ayant vécu bien avant ton siècle, et qui ne partagent avec toi pas grand-chose si ce n'est l'expérience de la minorité. Sans doute cette expérience est-elle bien plus fondatrice qu'on ne le pense, ou pour le moins fédératrice.

La Petite Sirène est publiée en 1837. Hans Christian Andersen entretient avec le fils de son bienfaiteur, Edvard Collin, une correspondance amoureuse abondante, dont ces mots, rédigés en 1835 : « Je me languis de toi comme d'une belle fille de Calabre. Mes sentiments pour toi sont ceux d'une femme. Mais la féminité de ma nature et notre amour doivent demeurer un secret[8]. »

Peut-on faire plus explicite que le récit d'un être magique voué à la damnation (puisque sans âme éternelle), qui, par amour, doit abandonner sa nature ? La sirène renonce à sa voix en échange de jambes humaines à la place de sa queue.

Lorsque Edvard Collin se marie avec Henriette Thyberg en 1836, Andersen publie un roman, *OT*, où, comme l'écrit Michel Larivière dans son *Dictionnaire historique des homosexuel-le-s célèbres* : « Il décrit l'intimité de deux étudiants qui entreprennent ensemble un long voyage. Un pauvre étudiant au caractère très féminin (lui-même) et son alter ego, le riche étudiant (Édouard), qui ne comprend pas que son camarade veuille lui témoigner plus que de l'amitié. Compte tenu du contexte puritain, l'écrivain ne pouvait aller plus loin dans la description d'un amour homosexuel refoulé parce que refusé[9]. »

On parle de nos amours depuis toujours. De mille et une façons. C'est un jeu de piste à travers l'histoire, un *parcours secret* de l'homosexualité* au cinéma, dans la peinture, l'architecture, la sculpture, l'écriture, la musique, et que des siècles de pudibonderie ont effacé. Avec des mots, avec des symboles, avec des briques, avec des notes, avec des tissus. Avec des contes.

Tous les silences ne font pas le même bruit.

Quelle ironie : c'est en interdisant à cet écrivain d'être qui il est, et de le dire dans ses œuvres, que la société pousse le poète à créer un personnage adoré

* Chaque personne LGBT+ en fera l'expérience solitaire, mais elle est fondamentale dans la capacité à devenir soi.

des enfants et qui n'est pourtant pas autre chose que la métaphore sublimée des amours interdites.

Finalement, les enfants, les ados, sont déjà confrontés à des personnages LGBT+, mais vous ne le savez pas, et eux non plus.

La seule différence entre hier et aujourd'hui ? C'est peut-être *moins implicite* aujourd'hui, donc *trop explicite* pour la société. Tout le monde adore *La Petite Sirène* parce qu'on n'en saisit pas le sous-texte, mais remplaçons l'Ondine par un Ondin amoureux d'un prince, et les homophobes se bousculeront à la porte pour crier à la propagande LGBT.

Il est terrible d'habiter le monde avec si peu de clairvoyance et autant d'assurance.

Nos histoires sont partout.

Tu sais que tu parles depuis le nid privilégié que tu t'es creusé : romancier, médecin, financièrement à l'aise.

Tu ne prétends pas parler pour tous les autres. Tu ne t'es même pas posé la question. Tu as juste décidé d'écrire. Sans réfléchir. Tu t'es donné ce droit. Après tant et tant de silences. Peut-être que tu n'aurais pas dû. Peut-être qu'il y a « plus malheureux » que toi.

Justement, il y a toujours plus malheureux. C'est une raison supplémentaire. Peut-être que tu peux écrire pour eux.

Délégitimer votre place historique et sa contribution spécifique à l'aventure humaine en effaçant vos traces, c'est faire le lit des oppressions contemporaines, ici et maintenant. Cette aventure, vous y avez autant participé et depuis aussi longtemps que les personnes non queers.

Citons par exemple le récit mythologique d'Iphis et d'Ianthé, dans les *Métamorphoses* d'Ovide. Née fille, Iphis sera élevée comme un garçon et, par amour pour une autre femme, suppliera les dieux d'être changée en homme, ce qui lui sera accordé. Le plus vieux récit de l'histoire de l'humanité, *L'Épopée de Gilgamesh*, narre les aventures de Gilgamesh et de son ennemi juré, Enkidu, qui deviendront amants. Gilgamesh « l'aimant comme une épouse », cette interprétation se heurte à notre définition moderne de l'homosexualité, une telle définition devant être différente sous d'autres cieux, d'autres époques, a fortiori en Mésopotamie ancienne.

Impossible de comptabiliser ceux de vos récits qui furent tus et déformés dès lors qu'ils passèrent entre les mains d'universitaires prompts à trouver mille et une arguties justifiant la stricte hétérosexualité de tel ou tel personnage historique ou mythologique.

Tu te demandes à quoi ressemblerait la vie des personnes LGBT+ si ces récits mythologiques, donc fondateurs, n'avaient point été balayés par l'homophobie constitutive des religions du Livre. D'autant plus paradoxal qu'il est difficile de lire l'histoire de David et Jonathan sans constater la teneur homoérotique du lien qui unit ces deux hommes. Quant au *Zi Bu Yu*, ouvrage rédigé en Chine sous la dynastie Qing, il raconte les aventures de Tu'Er, le dieu Lapin, qui, tombé amoureux d'un humain, présidera par la suite aux amours homosexuelles.

Si l'histoire de l'humanité peut s'imaginer comme les visages qui l'ont constituée, il est facile de nier l'existence des orientations sexuelles marginalisées, et de les reléguer au rang d'« épiphénomènes sexuels » : il suffit de gommer les amours de telle ou telle célébrité, de relativiser celles de telle autre, et ainsi, un visage effacé après l'autre, on vit hétérosexuel dans un monde hétérosexuel, sans questionner ce qu'on croit être la norme, mais qui n'est que l'héritage d'une patiente propagande.

Savoir l'homosexualité de Jules Verne, celle de Gustave Flaubert, de Hans Christian Andersen, celle de Colette, Tracy Chapman, Akhenaton, Richard Cœur de Lion, Édouard II, Schubert, Chopin, Brahms, Lully, etc., aurait permis à l'enfant que tu étais de ne plus se sentir isolé.

Une manière de lui dire : nous sommes ta boulangère, ce personnage qui a fait l'histoire, ton prof de SVT, l'auteur du livre qu'on te fait lire à l'école, le monsieur qui déchire ton ticket au cinéma... On nous appelait *muxhes* il y a deux mille cinq cents ans en Pré-Colombie, *shudo* dans le Japon du XVe siècle, *katuma* en Angola. La poésie perse de l'empereur Mahmoud de Ghazni a exalté nos amours, la poétesse grecque Sappho en a chanté les louanges dans des vers inoubliables*...

Effacer l'orientation sexuelle minoritaire des grands noms de l'histoire, c'est amoindrir ce lien étrange qui existe entre l'auteur d'une œuvre d'art parfois mort il y a des siècles et l'être humain bien vivant qui la contemple. C'est tronquer ce sentiment de proximité inexplicable qu'on peut entretenir avec l'artiste qui nous a ému. Prévenir toute « amitié imaginaire ». Cette amitié qui jaillit sans qu'on sache pourquoi et nous place sous l'égide d'un artiste, qu'on adoptera inconsciemment en figure tutélaire.

Comme il te serait agréable de pouvoir remonter les couloirs du temps, de confronter celui que tu fus à 11 ans à celles et ceux qui furent tes semblables, et de lui dire :

« Peut-être que tu te poses des questions, que tu as peur, que tu as déjà été insulté et que tu as nié, mais je veux que tu saches : c'est OK d'être qui tu es. Tu n'as pas à rougir. Et sais-tu pourquoi ? Parce que tu n'es pas seul. Tu ne l'as jamais été.

Vous existez depuis la nuit des temps. Vous avez été, vous êtes et vous serez des millions. Anonymes ou célèbres. »

* Si les hétéros n'ont pas de drapeau, c'est parce qu'ils n'ont pas d'histoire. Qu'ils s'estiment heureux. La nôtre, d'histoire, c'est celle des visages. Les visages de Rimbaud, Verlaine, Marsha P. Johnson, Matthew Shepard, Harvey Milk, etc.

Pensez-vous qu'avec un bon thérapeute vous pourriez arrêter d'être hétérosexuel ?

Tu as 26 ans et tu t'écroules lentement sous le poids de ton secret. Tu as l'impression de marcher à côté de tes pompes et de porter un masque qui te défigure. Tu ne sais pas l'expliquer, mais c'est comme si tu « laissais passer le train de ta vie » sans être dedans. Tu ne sais pas ce qui te bloque autant. Ta famille t'aime inconditionnellement, et elle est la seule chose qui compte vraiment pour toi, alors où est le problème ? Tu te promènes au bord du canal du Midi, l'eau est calme, et sombre, donnant d'ailleurs une fausse idée de sa profondeur. Dieu que cet énorme caillou dans ton sac est lourd ! Tu regardes l'eau sous le pont et tu n'arrêtes pas de te répéter : *Si quelqu'un tombe là-dedans, avec un poids pareil sur le cœur, il se noiera direct, c'est sûr !* Et l'eau coule, coule, coule.

Soudain tu te souviens de l'existence de ce centre LGBT, pas loin, à croire qu'ils l'ont placé là exprès.

Alors ? Alors revient l'envie de vivre, de persévérer dans ton être – ou simplement de savoir *enfin* qui tu es vraiment avant d'abandonner. Tu pousses la porte, il y a des couleurs. Beaucoup. C'est ta première expérience de cet endroit, les couleurs. Une femme, grande, aux mains larges et à la voix rauque, t'accueille :

« Bonjour, sois le bienvenu. »

Ce n'est pas une invitation, c'est un énoncé performatif. Tu deviens, à l'entendre, *littéralement* bienvenu, dans tous les sens du terme. Tu as emprunté le bon chemin, quel qu'il soit, de la même manière que sont valides toutes les routes qui conduisent jusqu'ici. Toutes bonnes *en soi*.

Tu es le deuxième, ce jour-là, à avoir atterri ici, au milieu de cette communauté de douleurs et de récits. Parmi les accueillants, une jeune femme très douce, aux yeux incrustés de charbon, pousse vers toi un café chaud. Sur sa droite, un vieil homme aux yeux bleus et noyés de chagrin. Puis il te voit. Il sourit et pouf, plus de chagrin !

Tu ne dis rien, trop intimidé, par eux, par ta propre témérité, par ta simple présence et ce qu'elle dit de toi. Tu t'installes à leur table et tu les écoutes parler de tout et de rien. De la vie. C'était donc cela, le « lobby LGBT* » ?

* « "Lobby LGBT" : nom masculin, terme utilisé par les homophobes pour discréditer les personnes qui, parce qu'elles sont traitées de "pédé" et de "gouine" depuis l'enfance, décident un jour

Le vieux n'est pas homosexuel. Tu comprends ça très vite. Il parle de son fils. Beaucoup. Et toujours à l'imparfait. Voilà tout ce dont tu te souviendras. Deux autres mecs sont présents ce jour-là, ils ont environ 25 ans. L'un porte une casquette, l'autre des lunettes rondes. Tu les nommeras aussitôt dans ta tête « Casquette » et « Lunettes Rondes ».

« Je n'ai plus ma mère, souffle Casquette. Quant à mon père, le jour de mes 18 ans, il m'a dit que, si j'étais gay, il ne voulait plus de moi. Il a jeté mes affaires dans un sac-poubelle et m'a mis à la porte. Je n'ai plus de nouvelles de lui. »

Lunettes Rondes dit :

« Moi, quand j'en ai parlé à mes parents, mon père était très en colère. Il a commencé à hurler, à faire mes bagages, mais ma mère s'est interposée : "Je t'aime, mon chéri, mais si tu me demandes de choisir entre mon fils et mon mari, le choix est déjà fait." Et elle a commencé à faire ses valises. Alors mon père s'est rassis. Le plus drôle ? Trois ans plus tard, il s'entend mieux avec mon petit copain qu'avec moi, son propre fils ! Ils vont pêcher ensemble. J'ai toujours détesté ça, la pêche... »

Casquette murmure :

---

de s'organiser pour ne plus subir l'Injure et ne plus être traitées comme des sous-citoyens sur lesquels on peut s'essuyer les bottes. » Baptiste Beaulieu, « J'ai fait témoigner le "lobby LGBT", celui qui m'a permis de ne pas mourir », sur le site *Le Nouvel Obs/Rue 89*, 15 mars 2018.

« J'aurais bien aimé que ma mère soit encore en vie pour recadrer mon père comme ça. »

S'ensuit un moment de flottement. La femme qui t'a accueilli tape dans ses mains. La discussion reprend, plus légère. L'après-midi passe, tranquille. Quand le soir tombe, qu'il est temps de s'en aller, tu remets sur tes épaules ton sac plein de cailloux.

On te propose :

« Tu reviens la semaine prochaine ? »

Toi, tu entends :

« Tu peux revenir poser ton sac quand tu veux… »

Tu ressens un truc bizarre et chaud, une émotion océanique. Tu as en face de toi des gens qui sont ce qu'ils sont et qui ne sont pas pour autant – ou plus totalement – malheureux.

Bien sûr, on peut être ouvertement queer et heureux.

Mais ce bonheur est souvent conquis dans l'adversité la plus totale, bâti en quelque sorte « malgré les circonstances ».

Après, peut-être est-ce le point commun de tous les bonheurs ici-bas : ne pouvoir être édifiés que sur des champs de larmes. En ce cas, celui des personnes queers se construirait simplement sur *un peu plus* de larmes. Et le présent livre n'est là que pour ça : ce léger excédent de larmes.

Tu ignores bien qui, de la femme aux grandes mains ou de l'homme-chagrin, chasse en toi ce sentiment d'isolement et d'immense solitude. Tout de cet après-midi, peut-être. Tu n'es plus seul au monde, coincé entre les stéréotypes de cinéma et l'injure, entre *La Cage aux folles* et les « pédés » entendus dans la cour du lycée et tant d'autres fois depuis. Tu as désormais d'autres modèles positifs dans lesquels te projeter.

Les années ont passé, tu es retourné là-bas deux ou trois fois, tu n'as plus eu envie de mourir, mais de construire. Tu as poursuivi tes études de médecine, passé ton diplôme, tu as été heureux, tu le crois.

Ta grand-mère a pleuré le jour de ton doctorat de médecine. Ton père aussi : il est issu d'un milieu social peu favorisé, et te voir médecin était l'accomplissement d'une vie de sacrifices et d'efforts.

Aucun d'entre eux ne savait, ni pour les eaux noires du canal du Midi, ni pour cette identité que tu endossais finalement, après tant de douleurs, après tant de reniements. Tu aurais aimé qu'ils applaudissent aussi cette part de toi ce jour-là, celle qui a traversé tant de souffrances silencieuses.

Tu as calculé : depuis la remise de ton diplôme, à hauteur de vingt patients par jour depuis sept ans, en supprimant les vacances et les week-ends, tu as accueilli / soigné / accompagné au moins 20 000 personnes.

Parfois tu te dis que, tout cela, tu n'aurais pas pu le faire sans le « lobby LGBT ». Toi, sans ce « lobby », tu serais mort.

Pour toi, ce que les personnes expriment quand elles utilisent ce terme, « lobby LGBT », c'est : « Je ne suis pas homophobe, mais que vous vous serriez les coudes me gêne. C'est suspect. »

Plus tard, quand tu verras des gens contester les subventions que les collectivités locales allouent à ces associations, tu riras jaune, et tu comprendras qu'ils s'en foutent, ces gens, que tu vives ou que tu meures, que tu gardes ton énorme caillou sur ton dos ou le déposes quelque part auprès de tes adelphes.

Pour une personne qui ose exister, fidèle à elle-même, sans crainte, parce qu'elle est célèbre ou riche ou forte à claquer des mandales, combien a contrario encaissent et subissent, terrorisées, abandonnées ?

Une émotion, encore plus le désespoir des trans, des gouines et des pédés, ça ne se mesure pas, il n'y a pas de ligne de compte pour cela. Mais ça, l'homophobie consciente et inconsciente de notre société s'en fout. Peut-être même s'en frotte-t-elle les mains : le suicide, quelle aubaine ! Que les dissidents se suppriment d'eux-mêmes, c'est réaliser le crime politique parfait, et plus ces hommes et ces femmes se suppriment tôt, mieux c'est : nos amours étant politiques, nos existences le deviennent par capillarité. Et mourir jeune, c'est écourter d'autant le témoignage vivant de notre sédition. Voilà pourquoi tu penses pouvoir écrire que vos amours sont, stricto sensu, des *sentiments révolutionnaires*.

Dès qu'un groupe sociologique exempt d'une discrimination spécifique (les hommes, les Blancs, les hétéros, les non-juifs, etc.) se targue de reconnaître dans la société des « lobbies » regroupant des personnes en situation de discrimination, soyez sûrs que ce n'est pas pour leur faire une place à leur table. Ce terme est utilisé par les extrêmes droites de tous les pays pour discréditer par avance toute exigence légitime émanant de communautés opprimées, en les teintant d'une aura de complot et de machiavélisme.

Tu parles de vies brisées. De familles endeuillées. D'une espérance de vie raccourcie par rapport aux hétérosexuels : 25 % des adolescents français ayant tenté de se suicider en 2011 étaient homosexuels[10]. Un adolescent se découvrant homosexuel ou trans a huit fois plus de risques de passer à l'acte qu'un autre adolescent. C'est la deuxième cause de mortalité à cet âge-là, la deuxième qui brise des familles. Près d'une tentative sur deux est liée à la non-acceptation d'une orientation sexuelle ou d'une identité de genre. En France, un adolescent se suicide toutes les quarante-huit heures à cause de son orientation sexuelle.

Ne pas nommer la construction politique et partisane de l'homophobie, de la transphobie ou de la lesbophobie, c'est s'interdire d'en démasquer les conséquences discriminatoires : dépressions, suicides, conduites à risque... Comment peut-on vivre dans une société où l'on comptabilise jusqu'à huit fois plus de suicides chez les jeunes LGBT* et ne

* Les études variant de deux à huit fois plus.

pas se demander ce qui, dans ce système, rend cette réalité possible ?

Qu'est-ce que la majorité a donc à leur proposer de si effroyable pour que de tels extrêmes leur apparaissent préférables ?

Si tu parles de cela, ici, c'est que tu ne peux pas t'empêcher de penser au fardeau que les jeunes LGBT ont porté et portent sur leur dos. Tu penses aux millions d'hommes morts trop jeunes du sida et que des bataillons entiers d'ignorants ont accusés, dans un retournement obscène des responsabilités, d'être coupables de « l'avoir bien cherché ».

Toi, tu as eu la chance de passer entre les gouttes, mais serais-tu né vingt ans plus tôt que tu n'y aurais pas coupé. Personne ne mérite de mourir d'une saloperie comme le sida. Encore moins quand la société n'a pas joué son rôle de vieille dame rassurante, très douce et très sage, et qu'il en a résulté un trou béant dans votre cœur, où niche jour et nuit un beau chien noir aux allures de désastre. Combien de fois as-tu eu envie de mourir pour tuer non pas ce que tu étais réellement, mais l'image négative, comme une ombre cousue, que la société tente de coller à tous les queers ?

Tu rêves d'un jour, grand jour, où, au prix d'un travail d'archive faramineux, les noms de tous les malades du sida seront inscrits quelque part, avec leurs histoires respectives, ce qui a frappé en eux suffisamment fort pour y fissurer l'enfance, bref, ce qui a créé en eux un immonde et dangereux animal qui, les mordant au flanc, leur a fait prendre tant et tant de risques (*Mourir ? Et alors ? À qui manquerait le sale pédé que je suis ?*). Tu rêves de ce jour-là, dans l'illusion sans doute enfantine qu'il existe une justice en ce bas monde, et qu'elle apparaîtra un jour sous la forme d'un cénacle transcendant où tous les hommes morts d'être nés dans une société archaïque obtiendront réparation au tribunal de l'Histoire, qui est aussi le tribunal de toutes les humanités.

Tu en demandes trop, tu en as conscience. Mais tous ces garçons morts te hantent. Tu ne les connais pas, pourtant voilà que tu penses à eux et que ton cœur se serre comme pour des membres de ta famille disparus. Tu ne te l'expliques pas. Sans doute faut-il accepter, quand on subit l'expérience de la minorité, de ne pas toujours réussir à tout comprendre à ce monde-là. Et pour cela aussi, il faudrait pouvoir réclamer justice.

Tu es assez puissant aujourd'hui pour poser ces mots. Tu es devenu médecin, écrivain, poète. Tu as reçu des prix, tu as été traduit. Ce qui se rapproche le plus d'un bourgeois privilégié. Tu as acquis, par l'ascension sociale, cette prérogative : pouvoir clamer ton homosexualité en te foutant des conséquences. Peut-être, d'ailleurs, qu'une part de toi se fout de la notoriété tandis qu'une autre l'a secrètement cherchée, non pour ses lauriers, mais pour pouvoir, névrotiquement, t'affranchir de cette marque rouge sur ton front et la transformer en récit. Tu as utilisé tes talents pour creuser ton trou dans ce milieu culturel où ton homosexualité n'est plus vue du tout comme un problème. Un non-sujet. Tu ne te fais cependant aucune illusion : ce milieu est aussi homophobe qu'un autre. Simplement, l'homosexualité y est socialement acceptée, non par « ouverture d'esprit » mais, selon moi, par pur snobisme : l'homophobie, c'est un truc de pauvres qui manquent de culture. Ils t'accepteront en apparence pour accentuer ce limes entre eux et les autres. C'est tout.

Tu pensais tenir là une revanche sur la vie, mais tu n'as fait que maquiller tes blessures sous le vernis qu'offre une reconnaissance institutionnelle.

Car oui, avant d'être des associations, les personnes dites « militantes » sont d'abord toutes ces voix dissidentes qui osent dire publiquement qu'elles sont L., ou G., ou B., ou T., ou autre.

Ce sont ces voix que les homophobes voudraient bâillonner, car ils y voient une pieuvre arc-en-ciel tentant d'infiltrer toute la société, et non simplement une somme désorganisée de personnes capables de témoigner à leur tour pour offrir à ceux encore en chemin... une vie, simplement une vie à eux.

Une vie fière.

La communauté LGBT n'existe pas*, mais sans doute est-il possible de dégager une communauté

* Le sentiment de fraternité n'est pas tributaire de l'orientation sexuelle des personnes que l'on rencontre.

de douleurs et de récits malheureux. Toutes vos tragédies intimes sont uniques, mais elles ont toutes le même point de départ : le traitement par la société de votre différence.

Pédé n'est pas la somme de tes identités, mais elle les relie toutes.

Un simple « Pédé ! » lâché dans la rue à un gay qui passe, et tous tes toi sont connectés. Toi insulté enfant, toi insulté adolescent, toi insulté adulte. Je connais beaucoup d'hétérosexuels qui ont eu des pulsions suicidaires. Aucune d'entre elles n'a jamais été due à l'homosexualité de nous autres. Je connais beaucoup de trans / pédés / gouines ayant souffert de pulsions suicidaires, toutes ont à voir avec la normativité d'un système que tes amis hétérosexuels refusent de questionner ou de simplement voir comme s'il allait de soi. Et peu importe finalement que ce système broie près de 9 %[11] de sa population. Ton chagrin pluriel irait-il de soi ? Celui de tes potes trans / pédés / gouines aussi ? Quand tu vois l'inaction de tant de gens, il semblerait bien que oui, ce qui ajoute à ta peine, ce qui ajoute à ta détresse.

Originellement, quoi qu'on en dise, le malheur est toujours hétérosexuel pour un pédé*.

* Et c'est cela que tu voudrais interroger. Cette cause première.

Pensez-vous que, si vous n'arrivez pas à changer d'orientation sexuelle et à arrêter d'être hétérosexuel, vous pourrez au moins pratiquer l'abstinence ?

Tu as 26 ans, tu prends ta voiture vers 2 heures du matin pour rejoindre des potes dans une boîte LGBT. Tu te gares devant, un groupe de mecs avinés est là, et ils rigolent quand tu entres, tête baissée. Tu fais un petit tour rapide, personne. Ton portable sonne, tes amis sont au Limelight, une boîte concurrente. Tu ressors, les mecs sont toujours là, un « sale pédé » fuse, des rires gras aussi, tu t'engouffres dans ta voiture sans mot dire ni maudire, tu es seul, ils sont six, ils ont bu.

Tu parcours un petit kilomètre quand tu sens ta voiture tanguer dangereusement et glisser vers celles qui arrivent en face. Tu arrives à manœuvrer sans savoir comment, tu te gares, tu sors, ils t'ont crevé un pneu et gravé un gigantesque « PÉDÉ » sur ta caisse avec un feutre. Il est 2 heures, la lune et les étoiles brillent, tu craches sur ta voiture pour tenter d'effacer la marque honteuse, et tu pleures, car oui, tu es un sale pédé.

Tu frottes encore et encore, et d'un seul coup, la marque, ta salive, ton pneu crevé, le silence de la ville endormie, le vent nocturne, la beauté de cette lune comme un hameçon d'ivoire jeté dans le ciel, oui, tu veux le crier au monde entier, leur jeter au visage comme une gifle : « OUI, JE SUIS UN SALE PÉDÉ ! » Tu sens une chaleur merveilleuse naître en toi, un apaisement, tu as arrêté de lutter, tu as arrêté de te battre, enfin, tu inspires, tu expires, l'air est meilleur soudain, la nuit plus belle, les sons plus doux et le poids de ton corps sur cette Terre plus léger. Tu aurais pu mourir dans un désastreux accident de voiture, et pourtant tu souris, seul dans la nuit, tu viens de renverser le stigmate et de faire la paix avec toi-même.

Oui, sale pédé. Oh que oui !

Savez-vous quelle est l'insulte la plus souvent proférée dans les établissements scolaires ? (Toi tu le sais, bien sûr). Cette insulte, c'est « pédé ». En moyenne, un collégien l'entendrait quinze fois par jour[12]. Il y a environ 13,5 millions de jeunes de moins de 18 ans en France ; 4 à 6 % de ces jeunes sont ou seront concernés par l'appartenance à un groupe sexuel minorisé. Cela représente 540 000 jeunes ! Comment parvenir à s'accepter dans une société où l'insulte préférée au cours de votre construction identitaire sert à désigner péjorativement *ce que* vous êtes par ceux que vous aimez ?

Bien des années plus tard, quand tu te chambreras

avec tes amis LGBTQI, cela deviendra un jeu entre vous (je dis bien *entre* vous). « Qu'est-ce qu'elle veut, la pédale ? » « Ma petite goudou ! », etc.

Tu en rigoleras. Tu seras heureux. Cela te rendra heureux d'user de ces mots de façon dépassionnée, de les tenir dans ta main à la manière d'une branche d'ortie qui ne blesserait plus.

S'insulter de « pédé » entre homosexuels, c'est se réapproprier l'insulte, « retourner le stigmate », en faire une expérience politique fondatrice. C'est aussi retrouver l'espace d'un instant la capacité d'offrir à notre *moi humilié* quelque chose de morbide, et bizarrement bénéfique : en disant « pédé » avec mes amis pédés – en les traitant de « pédé », et en me laissant traiter par eux –, nous soumettons cette part de nous si souvent emprisonnée dans les stéréotypes des autres à une forme malsaine, mais libératrice de souffrance contrôlée. Et je ne vois rien là-dedans qui soit répréhensible ou critiquable, les êtres humains font comme ils peuvent, avec les armes qui sont les leurs. S'insulter de « pédé » entre hétérosexuels, entre hommes hétérosexuels plus exactement, ce n'est pas la même affaire. Le langage se fait alors le bras armé de l'ordre sexuel, exerce sa fonction coercitive, à l'image du chien de berger qui ramène les brebis égarées vers l'enclos. Les mots ne sont pas neutres, le langage n'est pas neutre, comme on parle on pense, et comme on pense on agit. Il existe un continuum des violences : entre deux potes hétérosexuels qui se charrient en se traitant de « pédé » et les brutes qui te tabassent dans la rue en usant du même mot, il n'y a pas une différence de nature, mais une différence de degré[13]. De même quand deux hommes ricanent en traitant une femme de « salope », car elle ne répond pas à leurs avances dans la rue où elle marche *pour aller quelque part*. Ce même « salope » lancé par un mari pour frapper une épouse ne vient pas de nulle part, mais est le fruit d'une longue histoire de l'instrumentalisation du langage par le patriarcat.

C'est la raison pour laquelle je reprends ici les mots de la journaliste Camille Regache[14] : « Je peux dire "pédé" et pas toi. »

Tu as 26 ans, et tu n'as toujours rien dit à ta famille. Bizarrement, il va falloir la mort d'un enfant pour y parvenir. Tout soignant a été une première fois confronté à cette mort : celle de l'enfant, de « l'innocent ». C'est une expérience métaphysique profondément violente, et qui chez toi va ouvrir un abîme pléonasme, rempli de questions insolubles, toutes concourant à un délabrement psychique majeur. Tu en parles longuement dans ton dernier roman[15].

Un jour, on t'appelle avec l'équipe du SAMU pour une crise d'épilepsie chez un gamin. Vous foncez sur les routes. Impossible de trouver la maison. Vous tournez, tournez encore. Finalement, vous appelez la mère pour lui demander le chemin. Vous comprenez soudain que lors de son appel, bouleversée par les convulsions de son enfant, elle s'est trompée d'adresse. Vous auriez pu arriver en deux minutes. Vous arrivez au bout de seize. Le petit décédera trois jours plus tard, en service de réanimation pédiatrique.

Tu pars deux semaines à Rome, tu as besoin de t'éloigner de ce drame. Tu débarques en tongs et en short au mois de février. Tu comprends très vite ton erreur et, frigorifié, tu achètes une magnifique peau retournée dans une friperie. Deux jours passent et tu commences à te gratter au sang, ce qui ne serait rien, étant littéralement *à fleur de peau*, si tu ne découvrais, sous la douche, des centaines de petites bêtes qui grouillent dans tes cheveux, sur ton torse et ton pubis. Horrifié, tu attrapes la peau retournée et, en écartant les poils qui composent la doublure intérieure, tu saisis rapidement pourquoi son prix était *imbattable* : elle était vendue avec des locataires indésirables.

Alors ? Tu te rases de la tête aux pieds, et, dans ce moment de ta vie où tu pleures cet enfant mort, où tu sens enfler en toi le besoin vital de sauver ton propre enfant intérieur, tu te retrouves nu dans la salle de bains d'un hôtel miteux avec un corps de bébé, brillant et poli comme un galet : *remis au monde*, en quelque sorte.

Ton voyage commence vraiment.

Tu te rends dans une boîte de nuit immense, sur plusieurs étages, il est 2 heures du matin, tu es chauve et blanc comme un cul. Pourtant, un garçon brun s'approche et te dit, en italien dans le texte :

« Tu es le plus beau garçon que j'aie vu de ma vie. »

Étrange, venant de la part du plus beau garçon que

tu aies vu de ta vie (il aurait homosexualisé un caillou). La danse d'un soir se transforme en relation de deux semaines, pendant lesquelles Oscar te guidera dans la découverte de Rome et, surtout, de qui tu es.

Tu avais besoin d'être loin de ta cellule familiale *pour ça*. Pour « tomber amoureux ». Il te fallait être ailleurs. Loin de tes amis. De tous ceux qui te connaissent. Loin de la honte. Du secret imposé. Loin de tout.

Libre d'eux et de toi-même (c'est-à-dire de la cellule dont tu détenais pourtant les clés).

Libre d'être quelqu'un d'autre.

Dans cette parenthèse, tu trouveras assez de force pour, à ton retour, dire à tes proches :

« J'ai rencontré quelqu'un à Rome et je suis amoureux !

– Ah ! lanceront-ils, surexcités. Comment s'appelle-t-elle ? »

Tu seras terrorisé et tu penseras t'en sortir (tu en ris aujourd'hui) en usant de la beauté terrassante d'Oscar.

Montre-leur une photo, songes-tu sur le moment. Montre-leur combien il est beau et ils comprendront. Ils diront que tu n'avais effectivement pas le choix, qu'Oscar était trop beau pour ne pas en tomber amoureux, quand bien même c'est un garçon. Tu prends ton téléphone et tu leur tends une photo. C'est lui, sur scène (Oscar est danseur de ballet). Un silence pesant s'installe. Ils se demandent si tu leur joues un tour, mais non. C'est la seule fois de ta vie où tu verras ton père pleurer. Tu te souviens de ses mots : « Mais ce n'est pas naturel, mon fils ! » (Quelques mois plus tard, après avoir lu plusieurs articles que tu auras écrits pour le magazine *Têtu*, il s'excusera et déclarera vouloir « défiler avec toi à la Gay Pride ».) Ta mère te dira qu'elle t'aime, même si l'idée de ne jamais avoir de petits-enfants la tourmente. Tu peux l'écrire : ces réactions te placent parmi les plus chanceuses des personnes LGBT faisant leur coming-out. Ta grande sœur, la Blanche, s'inquiétera qu'on te fasse du mal. C'est louable, et cohérent avec le rôle qu'elle a toujours tenu dans la fratrie. Elle veut te protéger comme elle l'a toujours fait et le fera toujours. « Si quelqu'un te fait du mal, je lui casse les dents. » Ton autre grande sœur, la Noire, prendra le téléphone, ouvrira de grands yeux, l'approchera de son visage comme pour mieux voir, puis elle redressera le front et te lancera : « Il est tellement beau ! Mais qu'est-ce qu'il te trouve ? » Elle arrive à faire rire tes parents et ton autre sœur. En une phrase, elle allège la gravité de ce moment. Tu aimes tes sœurs pour l'éternité grâce à mille et une choses, mais ces deux phrases viennent en premier.

Revenons aux réactions parentales* et à ce qu'elles

* Si je raconte ici ces réactions, c'est pour en analyser les ressorts sociologiques, parce qu'ils me concernent, d'abord, comme ils concernent tant d'autres, et parce qu'ils sont dignes d'intérêt en tant qu'objets politiques et intellectuels. Je dénie à quiconque le droit de juger mes parents, qui, à bien des égards, et sur des centaines et des centaines de critères totalement subjectifs, sont les meilleurs parents que j'aurais pu espérer en ce monde.

disent de la société et de notre conception du monde. Le « je veux être grand-mère un jour » maternel et le « ce n'est pas naturel, mon fils » paternel.

Ces réactions trouvent leur origine dans ce biais rhétorique bien connu qu'est « l'appel à la nature ». C'est parce que seuls un homme et une femme *ensemble* peuvent engendrer *sexuellement* une descendance que cette union sera considérée comme « naturelle », d'« origine contrôlée », et jouira donc d'un statut considéré par la majorité comme ontologiquement « supérieur ». Aussi, souvent, brandit-on l'argument apocalyptique de la fin de l'humanité : « Si tout le monde est gay ou lesbienne, comment va-t-on survivre ? »

Il y a dans cet argument quelque chose de l'ordre d'une téléologie biblique effrayante. Homme et femme auraient été programmés pour « croître et multiplier », et tout bug se devrait d'être « corrigé ». C'est aussi par cet appel à la nature et à son finalisme que s'instaurera inconsciemment l'opposition d'une sexualité solaire et porteuse de vie, l'hétérosexualité, à une sexualité uranienne, immature, comme la qualifie le jargon psychanalytique, et, parce que intrinsèquement inféconde, porteuse de mort.

Citons les mots de Pierre Rabhi, dans son livre *Semeur d'espoirs*[16] : « Je considère comme dangereuse pour l'avenir de l'humanité la validation de la famille "homosexuelle", alors que par définition cette relation est inféconde. » Ajoutons également ces mots, fruits d'un entretien au magazine *Kaizen*, fondé par Pierre Rabhi lui-même : « Il ne faudrait pas exalter l'égalité. Je plaide plutôt pour une complémentarité : que la femme soit la femme, que l'homme soit l'homme et que l'amour les réunisse. »

La capacité des femmes à enfanter sert depuis toujours au patriarcat de justification aux différences de traitement entre hommes et femmes. Quand une mère dit à son enfant homosexuel qu'elle aurait voulu être grand-mère, elle attribue – à son corps défendant – une supériorité à la sexualité procréative sur la sexualité récréative. Ainsi commencent les ennuis, pour les femmes et pour les queers, misogynie et homophobie étant intriquées. De cet *appel à la nature* découlera alors la négation des plaisirs féminins.

Il existe une impossibilité à penser l'hétérosexualité politiquement et sociologiquement, c'est-à-dire en dehors de tout discours naturaliste. De la même manière que les hétérosexuels refusent de voir* que leur orientation sexuelle s'est arrogé le droit d'être excluante au prétexte qu'elle était majoritaire, l'hétérosexualité refuse de considérer l'homophobie comme une sécrétion policière de son hégémonie comme de sa *doxa*. L'hétérosexualité se pense toujours comme « allant de soi », d'où ses

* Ou pire et plus commun : se fichent de savoir, et s'en moquent royalement, puisque cette situation ne les gêne pas directement, et peut-être même les sert.

difficultés à s'imaginer aussi en système politique exclusif comportant ses propres mécanismes répressifs qu'elle exerce assidûment et dans un impensé collectif contre les dissidents à son ordre.

Et toi dans tout ça ? Toi de 9 ans, toi de 11 ans, toi de 13 ans, toi de 16 ans ? Tu devras faire avec ces lourds, très lourds bagages. Comment pourrais-tu avoir la moindre idée, à cet âge tendre, de toutes les conséquences de ces discours ?

Tu aimerais que le toi d'aujourd'hui puisse dire au toi de 13 ou de 20 ans que c'est précisément parce qu'il est gay qu'il n'est pas en dehors du champ de l'humanité, mais tout au contraire au cœur même, peut-être, de ce qui fonde la spécificité de l'âme humaine : c'est parce qu'on se donne du plaisir *pour rien*, qu'on écrit quelques poèmes, peint quelques tableaux, que nous ne sommes ni tout à fait des dieux, ni tout à fait des bêtes, mais au milieu de *quelque chose d'autre*, quelque chose d'*unique*.

Il faut de tout pour faire un monde, et si toi, le gay, la lesbienne, le trans, le bi, la pédale, la tarlouze, la travlotte, tu n'existais pas, alors il manquerait quelque chose sur cette Terre, et il faut que celle-ci soit pleine *de plein de choses*, et que rien ne manque ici-bas, ni toi ni nous. Tu es une part de la vérité, et du vivant visage de la diversité des êtres humains. À eux de le comprendre et, peut-être un jour, de le célébrer.

Pour quelles raisons êtes-vous hétérosexuel ?

Alors que tu bosses à l'hôpital, tu entends un chef des Urgences demander à un jeune interne, prénommé Romain, quelle est sa ville de naissance.

« Charleville, répond-il. C'est la ville de naissance d'Arthur Rimbaud.

– Qui ?

– Arthur Rimbaud.

– Ah oui, Arthur Rimbaud. Le pédé ! »

Oui, le « pédé », ou, aussi, le plus grand poète de tous les temps, les avis divergent.

Et le personnel soignant présent ce jour-là de bien rigoler. Plus tard, tu as appris que Romain était « ouvertement* » gay, que l'équipe était au courant et que c'était son premier jour de stage.

Toi, tu n'as jamais oublié cette scène. Parce que tu t'es gardé d'intervenir, lâche que tu es. Tu aurais

* Je déteste ce mot, détestez-le aussi, s'il vous plaît.

pu / dû soutenir ton collègue. Qui étais-tu, alors ? Un jeune médecin, inquiet de mal faire et de ne pas être accepté par l'équipe du service. Cette culpabilité ne t'a pas quitté pendant des jours, occupant pratiquement toutes tes pensées, quand ton énergie aurait été mieux employée au service de tes patients.

En lisant *Adieu ma honte*[17] de Ouissem Belgacem, tu as été bouleversé en découvrant de quelle manière il explique avoir échoué à devenir footballeur professionnel à cause des efforts constants déployés pour garder le secret de son homosexualité :

« Dans cette débauche d'énergie, les temps de repos ont une importance cruciale. Malheureusement, dès que je suis seul ou dans ma bulle – dans le bus, dans ma chambre, dans ma douche ou devant la télé –, je ne trouve pas le repos. Mon esprit est inquiet, ma conscience intranquille. Moi, je n'ai pas deux projets, j'en ai trois. Je dois réussir l'exploit sportif, l'exploit scolaire, mais aussi l'exploit du changement de sexualité : je travaille à devenir hétérosexuel. »

Tu en feras, toi aussi, la douloureuse expérience. Durant ton internat, tu rencontres une co-interne, Sophie, avec laquelle tu vivras des nuits de garde et des moments de grandes solitudes comme de grands triomphes. Perdu parmi les infirmiers et des médecins seniors qui donnent l'impression d'une maîtrise certaine, on se raccroche facilement à l'étudiant d'à côté, celui qui partage la même angoisse : Qu'est-ce que soigner ? Et suis-je légitime à prétendre y arriver ? Etc. Cela crée des liens très forts entre étudiants. La fatigue, les émotions, l'adversité. On n'est plus la même personne avec un ou une autre quand on a veillé à ses côtés une vieille femme agonisante à 4 heures du matin ou assisté à un accouchement. Sophie rêve de devenir urgentiste, mais ne s'interdit pas non plus la possibilité d'une activité libérale comme médecin de famille.

Vous vous entendez bien, jusqu'à ce dîner d'internat estival. On a dressé des tables, gonflé une piscine pour s'amuser et acheté des pistolets à eau pendant que d'autres s'échinent à allumer un barbecue. Le soleil se couche, l'ambiance est bon enfant, que pourrait-on espérer de plus ? C'est alors qu'un ami, évidemment nous avons un peu picolé, balance une allusion lourdingue à tes visiteurs nocturnes. À l'époque, tu brûles la chandelle par les deux bouts, et tu alternes les aventures avec des filles et des garçons.

« Des garçons ? », dit Sophie, l'air soudain très sérieuse.

Ben oui, des garçons. Ce n'est plus un secret que tu caches.

Elle ajoute, le plus sérieusement du monde, et devant l'assistance médusée :

« Tu sais que tu iras en enfer à cause de ça ? »

On rit un peu, on se dit qu'elle blague, mais non, elle reprend avec cette phrase définitive :

« C'est un péché. Les portes du paradis te seront fermées. »

Tu réponds, pour essayer de détendre l'atmosphère :

« Moi, je pèche beaucoup, car je ne veux pas que Jésus soit mort pour rien ! »

Échec : la boutade ne pose aucun sourire sur le visage de Sophie. D'ailleurs, à partir de ce moment-là, son comportement à ton égard changera du tout au tout. Mais il est trop tôt pour que tu devines ce qu'il adviendra de votre relation. Pour l'heure va suivre un des dialogues les plus surréalistes de ta vie avec une jeune femme brillante, future docteure en médecine, qui est intimement persuadée que son Dieu (qui se veut créateur de l'univers tout entier comme des interstices entre les atomes ou des éons infinis) s'intéresse à la nature du sexe des personnes que tu mets de temps à autre dans ton lit.

Cette anecdote est révélatrice, entre autres choses, de ce que tu pourrais appeler, faute de mieux, la « charge mentale de l'homosexualité ». Être gay, ça t'oblige à une distinction permanente de tes espaces de sociabilité : tu dois, à chaque instant, te souvenir de qui est au courant, de qui ne l'est pas, et de qui est intime avec qui. Il va de soi qu'il te faudra traquer, dans leur langage et leurs réactions, les signaux faibles ou forts permettant de deviner qui peut recevoir ta vérité sans que cela comporte un risque pour toi. Untel a commis un jour une blague vaguement homophobe ? Ah. Oui, mais après, il a eu une réflexion plutôt sympathique sur ce sujet de société concernant les droits LGBT. Du coup, est-ce qu'il sera l'allié de ton existence minoritaire ou pas ?

Mentalement épuisant.

Tes études de médecine n'auront été qu'une suite de vexations et de couleuvres avalées. Tu devras ingurgiter des tonnes et des tonnes de connaissances, et ce gavage ne peut se faire sans emprunter des préjugés parfois nauséabonds[18]. Tu te souviens : juin 2012. Préparation au concours de l'internat. À la lecture du mot « homosexuel » dans l'énoncé, tu te dois d'être prêt à dégainer des mots-clés tels que : syphilis / gonocoque / gonorrhée / VIH / sida / sérologies.

Pour la fac de médecine, l'homosexuel est un partouzard sidéen. Alors oui, tu dois apprendre (mal) à soigner les minorités en ingurgitant une montagne de connaissances, avec ces stéréotypes qui ne nuancent rien, qui synthétisent tout et adoptent des lignes droites aux sérieuses allures de raccourcis.

Ainsi, la mention de la couleur noire de la peau du patient doit également te faire penser à vérifier le statut drépanocytaire ou sérologique (la maladie des 4 H, c'est comme ça qu'on appelait le sida dans les années 1980, pour Homosexuels, Hémophiles, Héroïnomanes et Haïtiens, ce qui donna d'ailleurs lieu à cette blague dans le milieu gay : « J'ai été testé positif au VIH, le plus dur ça va être de faire croire à mes parents que je suis haïtien ! »).

Ces raccourcis de pensée sont automatiques : ne pas mentionner la sérologie VIH est le plus souvent rédhibitoire et peut te valoir un ZAQ (Zéro À la Question).

Tu es alors confronté à cette contradiction : la grande humanité des soignants et l'extrême violence de l'institution.

La vérité, c'est que la médecine t'est apprise au forceps. N'en déplaise à ses représentants, à l'époque le milieu médical est en majorité constitué de vieux Blancs persuadés de n'être ni sexistes, ni homophobes, ni réactionnaires. J'en veux pour preuve ce sondage[19] montrant qu'une majorité d'entre nous votent à droite, c'est-à-dire pour des politiques qui (au mieux) se désintéressent des minorités. Et quand bien même te reprocherait-on d'exagérer, quand bien même, oui, t'opposerait-on que « le milieu médical est à l'image du reste de la société, ni meilleur ni pire », qu'il te faudrait rappeler encore une fois que les préjugés des soignants n'ont pas les mêmes conséquences.

On risque moins sa vie en achetant son pain à un homophobe qu'en lui confiant sa santé.

« Je ne sais pas, on ne me l'a pas appris à la fac. » Tu as hésité avant de lui dire ça. Peur de passer pour un mauvais médecin. Un médecin « qui ne sait pas ». Tu n'es alors qu'un jeune interne de 27 ans, en stage de médecine générale. La jeune femme de l'autre côté du bureau te regarde, surprise que tu confesses aussi aisément ton ignorance.

Elle a 17 ans, le visage fin, les cheveux longs, blonds, habillée chic. Elle aime la couleur rouge (tu l'as supposé à cause de sa robe), les vacances en Crète (le fond d'écran de son iPhone), et les filles. Les filles. C'est le motif de sa consultation :

« Bonjour, je voudrais savoir si le vaccin HPV* est recommandé pour les jeunes lesbiennes** ? »

Que dire ? On n'apprend rien à la fac sur les personnes LGBT, si ce n'est à les mettre dans des cases. Les lesbiennes ? Inconnues au bataillon.

Tu réponds à la patiente :

« Je vais me renseigner. »

Tu tapotes sur ton ordinateur à la recherche d'un article scientifique. Le silence est pesant. C'est long. Les études françaises sur le sujet sont rares (presque autant que les lesbiennes invitées sur les plateaux télé pour causer de la PMA).

* Vaccin protégeant contre le cancer du col de l'utérus.

** Il l'est, effectivement. Mais aussi pour les jeunes garçons, quelle que soit leur orientation sexuelle, ce qui marque un changement positif avec l'époque où il n'était préconisé que pour les adolescents homosexuels, sujet délicat à aborder dans un cabinet médical comme au sein de la cellule familiale.

Comment près de 9 % de la population peut-elle rester dans l'angle mort de nos facultés de médecine ? Ce ne serait qu'une discrimination de plus si celle-ci n'avait pas un impact direct sur notre santé. En l'occurrence, l'angle mort est... mortel. Ainsi, être LGBT dans un milieu homophobe fait baisser notre espérance de vie d'environ douze ans[20]. Cela tient aux taux de suicide, d'homicide, de violence, de maladie cardio-vasculaire, de dépression, de stress[21]... Cela tient aussi à la crainte ressentie par certaines patientes et patients qui, ayant déjà subi des discriminations de la part du milieu soignant, vont retarder la prise de rendez-vous (un patient LGBT sur deux a déjà vécu une discrimination médicale[22]). Cette temporisation est une perte de chances. Mais surtout (et tu le sais pour l'avoir expérimenté « de l'intérieur »), cela peut venir également de choses anodines, aussi infimes qu'un médecin qui, par crainte de passer pour un mauvais praticien, répondra non à une question dont il ne connaît absolument pas la réponse (ne sous-estimez jamais la peur des médecins de passer pour des imbéciles !). Cette peur, c'est elle qui explique pourquoi les femmes hétérosexuelles sont en moyenne quatre fois plus vaccinées contre le HPV que les femmes lesbiennes[23].

QUATRE. FOIS. PLUS[24].

Parce qu'on ne nous l'enseigne pas, parce que la santé des minorités sexuelles comme les lesbiennes n'intéresse personne, parce que la médecine est excessivement normative, parce que nous avons peur de dire à nos patientes : « Je ne sais pas, madame, on ne me l'a pas appris. » Parmi les femmes lesbiennes, 36 % n'ont jamais vu de gynécologue, 60 % n'ont jamais eu de frottis cervico-utérin et 90 % n'ont jamais eu de dépistage de chlamydia. Ces chiffres traduisent la manière dont la sexualité des femmes est invisibilisée car considérée « non à risque » du fait de son caractère non pénétratif[25].

Le cancer du col de l'utérus est le deuxième cancer féminin dans le monde (274 000 décès en 2002). Aux États-Unis, on estime que 35 % des femmes lesbiennes ne se sont jamais vu proposer de frottis de dépistage parce que nous, médecins, croyons qu'elles en ont moins besoin que les femmes hétérosexuelles. Ce qui est faux, archi-faux ! Dans le même esprit, une étude rapporte qu'une personne sur quatre a renoncé à voir un médecin de crainte d'être discriminée à cause de sa transidentité[26].

Les hétérosexuel·les, eux, peuvent accéder très facilement à l'information concernant les modes de contamination des infections sexuellement transmissibles. Au lycée. Sur Internet. En lisant des affiches de prévention dans la rue. Partout.

Une amie bisexuelle te confiera un jour qu'aucun médecin ne lui a jamais dit quelles précautions prendre avec une femme. Pour les relations avec les hommes, elle savait tout. Mais les filles ? Bah non. Deux femmes ensemble ? Dans l'imaginaire collectif, au pire, elles se bisouillent. Le sexe oral, la pénétration ? Ça n'existe pas.

Ce jour-là, tu regarderas ta jeune patiente. Celle qui a 17 ans, le visage fin, les cheveux longs, blonds, habillée chic, qui aime la couleur rouge, les vacances en Crète, et les filles. Tu la regardes et tu lui diras :

« Oui, le HPV se transmet de femme à femme, il faut vous vacciner. »

Beaucoup d'hétérosexuels imaginent que l'homophobie, ou la lesbophobie, ou la transphobie, se cantonne à de pauvres types bas du front qui violentent des personnes transgenres à la sortie du métro, place de la République. Cette vision du monde est bien commode pour se dédouaner de toute complaisance envers les violences que nous subissons.

Il existe pourtant des violences invisibles.

Parfois, toi, tu penses à ces femmes lesbiennes mortes doucement, sans bruit, sans même savoir que la raison précise pour laquelle elles sont passées sous les radars diagnostiques est que notre système de santé est hétéronormatif. Tu penses à elles, tu te demandes combien elles sont et qui leur rendra justice ici-bas.

Comment pouvez-vous vous dire hétérosexuel si vous n'avez jamais essayé de vous forcer à coucher avec une personne du même genre que vous ?

Tu te souviens de cet internaute en train de partager sur un réseau social ce dialogue surréaliste avec son médecin traitant :

« Vous prenez des médicaments ?

– Oui, la PrEP.

– Qu'est-ce que c'est ?

– C'est un traitement pré-exposition au VIH.

– Ah, donc vous avez le VIH ? »

Soupir.

Quand elles consultent, les minorités pâtissent d'une part non choisie de leur vie soumise à une ou plusieurs dynamiques de domination / discrimination. Libre à elles de confier cette part-là à une personne partageant, de près ou de loin, la même part non choisie, dans l'espoir d'échapper à ces dynamiques. Sur Internet, le débat tourne régulièrement autour de l'existence de listes de soignants « safe », par exemple, de listes de gynécologues respectueux du corps des femmes et militant contre les maltraitances gynécologiques, de listes de médecins sensibilisés aux discriminations que subissent les personnes noires et / ou LGBT+.

Peut-on vraiment s'étonner que de telles listes existent* ?

Toi, tu ne t'étonnes pas, encore moins depuis que cette autre patiente lesbienne t'a remercié chaleureusement de ne pas insister à chaque consultation pour lui prescrire la pilule : « Vous comprenez, docteur, mon dernier médecin traitant était persuadé qu'un jour ou l'autre je finirais avec un garçon, et que si j'étais lesbienne, c'était parce que je n'avais pas encore rencontré le bon. »

Chaque fois que ce thème surgit, des personnes (soignantes ou non) s'empressent de hurler au « communautarisme » : elles s'insurgent au prétexte que « les soignants soignent tout le monde pareil », qui est une version déformée de « ah mais moi, je ne vois pas les couleurs de peau », ou encore « ah mais moi, je me moque de l'orientation sexuelle de mes patient·es ».

Dix ans que tu luttes contre les maltraitances médicales. Tu as reçu des milliers de témoignages. Il existe en France quelque chose qui s'appelle le libre choix du praticien. Tu l'aimes, toi, ce mot : choix. Est-ce que ces listes de praticiens sont souhaitables ?

* Tu es toi-même un des médecins référents d'une association venant en aide aux jeunes LGBT+ dans ta région.

Non. Est-ce que ces listes de praticiens sont nécessaires ? Malheureusement oui.

Et tu penses à celles et ceux qui ne voient pas en quoi cela peut être nécessaire : qu'ils se réjouissent du privilège d'exister du bon côté de la barrière, celui où l'on peut aller consulter avec l'assurance que nos parts non choisies ne seront jamais remises en question, jaugées, jugées, moquées*.

Mais tu imagines qu'il est plus facile de pointer du doigt un supposé « communautarisme » plutôt que de remettre en question les biais discriminatoires qui traversent notre société, et donc aussi notre médecine.

Tu découvres cette étude qui te fait réfléchir. En août 2019, le CDC (Centers for Disease Control and Prevention), l'équivalent aux États-Unis de Santé publique France, a mené une vaste et longue enquête[27] qui conclut que les bébés noirs ont deux fois plus de risques de mourir au cours de leur première année d'existence que les bébés blancs. Plusieurs facteurs peuvent expliquer ces résultats terrifiants, les principaux étant les disparités économiques entre Blancs et Noirs, le racisme structurel, et le stress que ces deux facteurs peuvent engendrer chez le bébé et ses parents.

* Certes, les hétéros aussi ont maille à partir avec certaines parts non choisies, mais la nôtre, qui vient en plus, dans certains pays on pend des gens à cause d'elle.

Une nouvelle étude parue dans *Proceedings of the National Academy of Sciences* a été menée pendant vingt-cinq ans sur près de 1,8 million de naissances aux États-Unis. Et tu lis avec effroi sa conclusion : « Quand ils sont pris en charge par des médecins blancs, les enfants noirs ont près de trois fois plus de risques de mourir à l'hôpital que les nouveau-nés blancs[28]. » Cet écart disparaît lorsque les nouveau-nés sont pris en charge par des médecins noirs. Alors oui, peut-être que d'autres facteurs peuvent expliquer ces disparités. Le plus intéressant dans cette étude ? Ce taux de mortalité a tendance à diminuer dans les hôpitaux fréquentés par une plus forte population noire, là où les médecins sont formés ou sensibilisés aux questions du racisme institutionnel.

Les études mentionnées ont été réalisées aux États-Unis, où la question raciale n'est pas comparable. Cette banalité étant écrite, peut-on se mettre à la place d'une femme qui serait sociologiquement à l'intersection de plusieurs discriminations (une femme noire, lesbienne en situation de handicap par exemple) : « Ça va, je peux prendre le risque d'être soignée par un médecin raciste / homophobe car, après tout, il est français et son racisme n'est pas du tout aussi délétère que le racisme américain ! »

Ça n'a pas de sens, et savez-vous pourquoi ? Car s'il n'y a pas que des médecins racistes / homophobes sur Terre, tous les médecins racistes / homophobes exercent sur Terre !

Ces listes de soignants établies PAR et POUR les minorités ne sont rien d'autre que du *bouche-à-oreille 2.0*, une manière de « ne pas prendre les paris » sur sa santé, de littéralement trouver un médecin qui vous soigne comme les autres. Elles sont pourtant estampillées du qualificatif fourre-tout d'« annuaires de professionnels de santé communautaires[29] » par le Conseil de l'ordre*. Tu veux reproduire fidèlement leurs mots pour que toutes et tous comprennent l'inanité de leur réaction : « Engagés au service de la population, les professionnels de santé ont prêté serment de soigner avec le même dévouement et la même abnégation, quelles que soient les origines ou les orientations sexuelles de leurs patients. »

Pour résumer : les discriminations médicales n'existent pas car on l'a décidé et parce que nous, les médecins, on est *tous* très gentils.

Travestir un simple réflexe de survie en repli communautariste est sans doute plus facile que de penser contre soi-même et contre le système injuste dont on est *de facto* l'un des principaux privilégiés...

Quel rapport avec le présent livre ? S'il y a bien un sujet médical qu'on aborde malheureusement trop peu dans les médias, c'est celui d'interroger

* Vous pourrez trouver une photographie d'icelui sur Internet. Ne manquez pas ce grand moment de rigolade : on y voit seize membres, quinze hommes, tous vieux, et une femme. Tous blancs...

l'idée selon laquelle, dès qu'un soignant enfile une blouse, il cesse d'être ce qu'il est et de penser ce qu'il pense, qu'en somme, il se sépare *ipso facto* de ses biais et stéréotypes sur les personnes qui ne sont pas comme lui. Comment peut-on penser qu'un stéthoscope serait un totem qui nous immuniserait contre les préjugés qui traversent nos sociétés ? Hé, les confrères ! N'y a-t-il pas d'homophobie dans le milieu médical ? Pas de sexisme ? Pas de transphobie ? Pas de mépris de classe ? Pas de mépris envers les patients psychiatriques ? Envers les toxicos ? Les travailleurs du sexe ?

Non ? Vous êtes sûrs ?

Bon.

S'il existe des doutes sur la question, c'est que ce livre est important et que les jeunes médecins doivent le lire avant d'avoir des vies humaines entre les mains…

déontologie, tu devras affronter un bloc monolithique de représentants du corps médical, dont la plaidoirie principale consistera à dégainer la carte de l'ami homosexuel : « J'ai un copain homo qui dit que ce n'est pas homophobe de parler comme ça d'un patient homosexuel ! »

Tu crois, très fort, qu'il serait bon d'être sensibilisé à la question des discriminations au cours de nos formations médicales. Qui était coupable, donc, dans cette histoire ? Le « brave confrère » et seulement lui ? Non, les responsables sont aussi ailleurs. Sur les sites, sur Facebook, dans les commentaires, sur certains forums de soignants[30]... Les coupables sont toutes celles et tous ceux qui laissent faire, qui encouragent, sans opposer un discours contradictoire.

La confraternité n'est pas la complicité. Quand on est médecin, on jouit d'une position sociale supérieure. Quand quelqu'un jouissant de cette position se permet des propos ouvertement homophobes ou sexistes, il libère la parole de toutes et tous. Il leur offre un « permis de discriminer ».

Tu crois au devoir d'exemplarité comme à la liberté d'expression. Mais celle-ci est comme un permis de conduire. Si on conduit bourré en insultant les passants, la police et en grillant les feux, il ne faut pas s'étonner de se faire peigner le museau.

Tu ne fais la morale à personne : il t'arrive d'être maltraitant à certains moments comme *tous les soignants*. Mais tu penses contre toi-même, mais tu réfléchis à tes biais, mais tu songes à tes préjugés, mais tu inventories tes privilèges qui, comme des œillères, t'empêchent de tout savoir d'un Autre qui ne sera jamais toi, et dont les creux et les replis d'existence te sont pour toujours inaccessibles.

Ce qui te heurte le plus, finalement, c'est la manière dont certains de tes confrères mobilisent davantage leur énergie dans la défense de ce cher « humour carabin » plutôt que de réfléchir collectivement aux moyens de protéger les patients. La confraternité sera plus forte et l'emportera sur la vocation d'être au service des malades, de tous les malades.

Tu devras accepter de ne pas avoir beaucoup d'amis médecins.

Devant toi, des confrères médecins rient à une blague dont le ressort comique consiste à associer homosexualité et anus.

« C'est juste pour rire », te rétorquent-ils. La belle affaire !

Ceux qui pensent que le rire est neutre et non une « violence symbolique » servant les grands systèmes de domination, tu les invites à te fournir les études démontrant que le rire n'est pas un moyen de maintenir les dynamiques de domination et qu'il ne se nourrit pas du malheur des minorités.

Parce que les études prouvant le contraire existent[31].

Alors quoi ? La police du rire ? Le politiquement correct ? Tu ne sais pas. Mais tu sens au fond de toi combien les stéréotypes et les préjugés instrumentalisent l'humour. Comme l'écrit Jacques Le Goff : « Dis-moi si tu ris, comment tu ris, pourquoi tu ris, de qui et de quoi, avec qui et contre qui, et je te dirai qui tu es[32]. »

Toi, tu ne dis pas sur qui ou sur quoi il conviendrait de rire (encore heureux), mais tu t'interroges : pourquoi commet-on des blagues sur les homos et jamais sur les homophobes, sur les viols et jamais sur les violeurs[33], sur les Noirs et jamais sur les Blancs, sur les gros et jamais sur ceux qui se moquent des gros ? Pourquoi rit-on toujours de la blonde et non de son mec ? Pourquoi toujours du juif et non de l'antisémite ? Pourquoi toujours des putes et non des macs ?

Peut-on questionner cette inégalité de traitement ? Ce qu'elle exprime *politiquement* ? Faire des blagues *sur*, au lieu de faire des blagues *avec*, c'est participer à ce discours de propagande, à son enracinement dans les esprits, au mensonge dans lequel nous vivons. Aux mensonges. Car oui, tant d'autres mensonges existent. Ta réalité d'homosexuel est à des années-lumière des stéréotypes et des préjugés. Tu ne sais jamais que tu es gay. Ni quand tu manges, ni quand tu dors, ni quand tu baises. Tu es, très très prosaïquement, un être humain qui vit sa vie. Les seuls moments qui te rappellent à ton homosexualité sont les moments d'homophobie. À croire que ce sont eux, les homophobes, qui fabriquent l'homosexuel que tu ne te sens jamais être en dehors de ces instants-là ! Avant eux, toi, tu ne savais même pas que tu étais « un homosexuel », après eux, tu le sais douloureusement. À qui la faute ? Imagine-t-on le ridicule du pyromane se plaignant du feu qu'il a allumé ? Donc soyons clairs : ils en ont marre des minorités ? Elles empiètent sur leurs plates-bandes ? Mais ce n'est qu'un début ! Quand on jouit d'un privilège, quel qu'il soit, et depuis trop longtemps, on finit par considérer la moindre requête d'égalité ou de respect comme une oppression.

Les trans / pédés / gouines n'attendront pas qu'on leur donne l'égalité et le respect. Ils viendront les prendre. Ça fera mal. Puis l'ordre hétéronormatif s'habituera à vivre dans un monde où toutes et tous jouissent des mêmes droits et des mêmes privilèges. Et quand un de leurs fils, une de leurs filles, ou un de leurs petits frères, leur meilleure copine, leur annoncera son homosexualité, et cela arrivera un jour, ils se réjouiront que des casse-burnes comme nous se soient battus pour qu'il / elle ait le même droit au respect que n'importe qui.

En tant que soignant, tu n'as de cesse d'interroger les pratiques de ton corps de métier et de traquer les pratiques institutionnalisées s'écartant de la mission originelle du médecin. À la suite de cet affrontement avec une partie du corps médical qui refusait de simplement réfléchir sur le sens symbolique et la portée politique des cibles de son rire te revient en mémoire cet épisode de ta formation : « Environ 1 bébé sur 2 000 naît intersexe, c'est-à-dire avec des attributs plus ou moins développés des deux sexes. Dans la plupart des cas, les médecins convainquent les parents d'imposer un sexe à l'enfant, lui infligeant alors, parfois dès l'âge de 3 ou 4 ans, opérations, injections d'hormones, clitoridoplasties, vaginoplasties, ablations des gonades testiculaires… Ces mutilations peuvent avoir des conséquences lourdes, créant des traumatismes et entraînant divers problèmes de santé[34]. »

La question qui t'intéresse ici est de savoir pourquoi le corps médical s'imagine devoir, littéralement, trancher une bonne fois pour toutes l'identité sexuelle... d'un nourrisson !

Faut-il que l'idée d'un *trouble dans le genre* soit à ce point insupportable pour qu'on en vienne à mutiler ces enfants ? Trouble dans le genre ? Oui. Et trouble dans le soin. Pourquoi faudrait-il « forcer » le hasard, hasard qui ne veut pas de cette binarité, au détriment des droits élémentaires auxquels peut justement prétendre tout être humain sur cette Terre ? Pire encore : comment s'atteler à cette funeste entreprise, en étant persuadé que c'est « pour le bien de l'enfant » ? Faut-il que l'ordre sexuel soit à ce point obsédé par la binarité pour qu'il en vienne à de telles extrémités ? À de telles violences ? Les enfants que nous voulons ainsi sauver *malgré eux* souffriraient moins d'une remise en question de notre système binaire (et de sa puérilité) que des mutilations auxquelles la société les contraint.

Ces atrocités médicales – commises au nom du bien – nous concernent toutes et tous, puisqu'elles interrogent à la fois les limites du pouvoir que nous octroyons au *corps* médical sur *nos corps,* mais aussi l'obsession névrotique de notre société envers la moindre possibilité de trouble dans le genre. L'homosexualité serait condamnable car contraire à la nature (et il n'appartiendrait pas à l'humain de se soustraire à l'ordre naturel), mais il n'y aurait aucun problème à tordre le bras de cette même nature par la chirurgie quand celle-ci met au monde des enfants à l'identité sexuelle indéfinie ?

Se décideront-ils ? La docteure en sociologie Christine Delphy relève, avec ironie, la tristesse d'un monde où la seule (ou primordiale) différence entre les êtres humains seraient nos sexes[35].

Un autre exemple de cette maltraitance « institutionnalisée » : le 6 avril 2017[36], la Cour européenne des droits de l'homme a condamné la France en raison de la manière dont les corps médicaux et juridiques traitaient ses citoyens transgenres. En effet, jusqu'à une date récente, les corps médical et administratif français conditionnaient le changement de genre à l'état civil à des hormonothérapies et / ou des opérations de réorientations génitales qui sont, dans les faits, responsables d'une stérilisation et / ou incapacité de la reproduction de façon permanente.

Dans un accès de lucidité, une députée belge, rapporteuse des débats sur la révision de la loi de 2007 en Belgique obligeant, à l'instar de la France, à passer par ce parcours de soins stérilisants, énonce : « Il y a dix ans, on voulait ouvrir la porte pour le changement de prénom et de sexe au niveau administratif... mais en évitant de choquer. On voulait rassurer la population, dire "ces personnes vont changer de sexe mais n'auront plus d'enfant et auront un suivi psychiatrique"[37]. »

La couleur est clairement annoncée : stérilisation et psychiatrisation, pour « rassurer ». Qui ? Pourquoi ? Qu'est-ce qui nous terrifie là-dedans ? La députée poursuit : « C'était une façon d'avancer mais tout en évitant, c'est vrai, d'avoir un débat de société. À l'époque, on devait déjà faire face aux débats sur [...] l'adoption par les couples homos... C'était une volonté collective d'éviter ce débat-là mais de façon peu respectueuse, il faut bien le dire. »

Peu respectueuse... Oui, il faut, *a minima*, le dire.

Mais enfin... Pourquoi être terrifié à ce point par l'indifférenciation que représentent les personnes intersexes ? Pourquoi être obsédé par le sexe des individus au point de vouloir stériliser les personnes trans ? Et pourquoi réprimer la sexualité entre adultes consentants de même sexe ?

Qui ce système arrange-t-il ? Pas les minorités sexuelles ou d'identité de genre. Les femmes hétérosexuelles ? Pas moins.

C'est en exerçant ton métier de médecin, et plus exactement en soignant des femmes, que tu toucheras du doigt une possibilité d'explication.

Pourquoi éprouvez-vous le besoin d'afficher votre hétérosexualité partout, dans la rue par exemple, en vous tenant par la main ?

Ne pouvez-vous pas réserver ces démonstrations d'affection à la sphère privée ?

Tu repenses à toutes ces femmes qui ont croisé ta route de soignant. Tu repenses à la petite voix fluette de Mme G. :

« Bonjour, mon mari a mal au pénis lors des rapports et il m'a dit d'aller consulter, car il pense que c'est ma faute. J'ai un problème, d'après lui. » Le mari est resté regarder la télé dans son sofa pendant que Mme G. a patienté deux heures en salle d'attente. Devinez quoi : elle ne présentait aucun symptôme, alors que son mari urinait LITTÉRALEMENT du pus.

Tu repenses aux sanglots de Mme R., car elle n'arrive pas à concevoir de bébé avec son nouveau compagnon et celui-ci lui fait la gueule ! Elle a déjà eu deux enfants avec un autre. Vous comprenez ce que ça signifie, n'est-ce pas ? Parce que lui, manifestement, il n'avait pas compris que le problème venait de son côté.

Tu repenses à Mme L., à ses doigts qui se tordent

au-dessus de ton bureau, qui vient pour une interruption volontaire de grossesse. Elle est venue seule, et elle te pleure dessus comme un ciel anglais car elle aimerait bien ne pas être seule, mais celui qui lui sert de compagnon a préféré jouer à la PlayStation en fumant des pétards plutôt que d'accompagner sa nana.

Les femmes sont fertiles seulement trois jours par mois, les hommes sont fertiles à chaque rapport sexuel, 365 jours par an, mais ce n'est jamais eux qui pleurent dans ton cabinet à l'annonce d'une grossesse non désirée. Jamais eux. Non. Tu ne leur tends jamais ta petite boîte de mouchoirs. Jamais, jamais, jamais !

Parfois, certains soirs, tu n'en peux plus des problèmes d'ego de ces types-là. C'est un puits sans fond, les femmes ont raison d'être « vénères », de descendre dans la rue, de hurler leurs colères…

Ah, et M. P. ?

Il est venu dans ton cabinet un jour, il y a sept ou huit ans. Tu étais jeune remplaçant, encore très naïf sur les choses de l'amour, et il t'avait lancé à la fin de la consultation :

« Ma femme est en pleine ménopause. Elle est de mauvaise humeur. J'ai droit à rien, même pas à une petite caresse de dépannage de temps en temps. »

Sa femme se débat avec les bouffées de chaleur, les sautes d'humeur, le moral en berne, le maelström hormonal, et lui, en bon gros mâle pourri gâté, il boude parce qu'il n'a même pas droit à ses caresses « de dépannage ».

Alors oui, tu le sais, on te dira « pas tous les hommes », comme si tu ignorais ce qu'est une généralisation abusive ! Eh bien tu t'en fous : tant qu'il restera un seul pourri, il en sera de la responsabilité des autres de l'écarter, le temps qu'on lui inculque ce qu'il faut de respect et de dignité*.

Albert Camus disait : « Un homme, ça s'empêche[38]. »

Eh bien, ça s'éduque aussi. Et ce n'est plus aux femmes de s'en charger. Elles ont assez donné. Elles ont assez payé.

Combien de fois éprouveras-tu le sentiment fugace qu'être une femme hétérosexuelle revient à devoir choisir dans un cageot rempli de fruits pourris celui qui vous pèsera le moins sur l'estomac. Combien de fois soupçonneras-tu ce grand mensonge opéré contre les femmes qui, à grand renfort de bourrage de crâne, oblige les femmes à accepter l'infinie paresse, la lâcheté, l'infidélité d'un grand nombre d'hommes ? Et qui parvient, par un tour de

* Ces cinq années comme médecin généraliste t'ont bien changé. Les médecins hommes qui voient ce qu'ils voient dans leurs cabinets médicaux mais ne se déclarent pas violemment du côté des femmes et de leurs combats sont des complices actifs du système qui les opprime. Tu aurais mille et une anecdotes, mais ce n'est pas l'objet du présent livre, et il y a des histoires si violentes que tu ne sais dans quel type d'ouvrage elles auraient leur place.

passe-passe spectaculaire, à revêtir toutes ces faiblesses des apparats du grand amour ?

Quelle fable vend-on aux femmes, et ce depuis l'enfance ? La contrainte à l'hétérosexualité se vend bien, à coups de films hollywoodiens et de narrations romantiques. Les hommes sont ce qu'ils sont et les femmes doivent supporter la marchandise, parce que ça s'appelle l'amour, et qu'il n'y a aucune raison de remettre ça en cause quand on te le rentre dans la tête par contes de dix, à grand renfort de « ils se marièrent, furent heureux et eurent beaucoup d'enfants ».

Un autre chemin pour les femmes est possible. Et c'est en cela que le queer est le plus dissident peut-être. La phrase de la romancière et militante Monique Wittig, « les lesbiennes ne sont pas des femmes[39] », est ainsi particulièrement éclairante. Si elle n'est pas, ou n'est plus, une « vraie » femme, c'est qu'elle donne un coup de canif au contrat hétérosexuel en n'assurant pas les fonctions voulues pour elle par le patriarcat, parmi lesquelles, citons pêle-mêle : rassurer les hommes sur leur virilité, sur la manière dont le plaisir sexuel féminin est conditionné à la présence du phallus, le maternage, comprenant maternité et éducation, le mariage hétérosexuel avec son cortège de tâches ménagères et de charge mentale…

Un rôle est dévolu à chaque sexe, et gare à celles qui voudraient s'émanciper : la lesbienne ne se définit plus par rapport aux hommes, mais par rapport à elle-même.

En cela, l'homme affichant ostensiblement son homosexualité, parce qu'il se refuse à jouer le rôle de dominant dévolu pour lui au sein du couple hétérosexuel, est un trouble-fête qu'il conviendra de faire rentrer dans le rang ou d'humilier pour sa traîtrise à l'égard du « sexe fort ».

Ces quelques mots t'évoquent une mésaventure survenue récemment, et dont tu as déjà parlé dans un de tes romans, mésaventure que nous pourrions résumer par « nous vivons dans un monde où être comparé à une femme quand tu es un homme est une insulte ».

Tu t'expliques.

Le type entre dans ton cabinet. La trentaine, ingénieur. Il y a quelques années, tu t'occupais de lui, de son épouse et de leurs enfants. Puis madame a confié des violences conjugales, tu l'as accompagnée médicalement du mieux que tu as pu, jusqu'à ce qu'elle prenne la décision de divorcer. Monsieur a, bien évidemment, cessé de venir en consultation à partir de ce moment-là.

Jusqu'à l'autre jour... Tu ne l'avais pas vu depuis des mois, et il vient avec leur fils, âgé de 8 ans.

« C'est pour qui ? Vous ou le petit ? », demandes-tu.

Lui, l'air énervé : « Le petit. Mais avant, j'ai deux trois mots à vous dire. »

Tu n'es pas grand clerc, mais ton petit doigt te dit

qu'il ne va pas te causer de la recette de la tarte aux pommes.

Évidemment, il commence à te sortir le laïus habituel des gros connards : son ex-femme est folle, c'est elle le vrai danger pour SES enfants, et d'ailleurs il n'a « AUCUN PROBLÈME AVEC LES FEMMES ! ».

Sait-il que tu as déjà entendu ce discours très souvent ?

Tu l'interromps en lui disant que ce n'est pas le moment d'en parler, ni le lieu, en lui faisant un signe de tête appuyé en direction du petit qui, bien évidemment, assiste à la scène.

Mais l'instinct paternel du type a piscine : le mec est lancé, et vas-y que je critique la mère du gosse devant le gosse, bla-bla-bla. Ça, tu n'as pas aimé.

« Je vous arrête tout de suite, monsieur. On n'est pas là pour parler de ça. Donc stop. Qu'arrive-t-il à votre enfant ? »

Lui, se reculant sur son siège :

« Aaah, je vois que vous avez pris son parti ! »

Il commençait grave à te gonfler, on ne va pas se mentir. En plus t'avais pas dû beaucoup manger à midi, t'avais comme des aigreurs d'estomac, t'étais ballonné, bref, fallait qu'un truc sorte. Ben c'est sorti :

« Dans ce cabinet, on travaille avec deux foyers qui viennent en aide aux femmes victimes de violences conjugales. Donc, je vous le dis le plus calmement du monde : ici, nous sommes et nous resterons toujours du côté des femmes. »

On est d'accord, cette réponse était nulle. Mais parfois, eh bien, on a le droit d'être nul. Parce que les médecins ne sont pas des robots. La vérité, et ça on ne veut pas trop l'entendre, c'est que malheureusement, dans notre société patriarcale et sexiste, être du côté des mères, c'est, dans la majorité des cas, être du côté des enfants. On peut changer cela, mais cela veut aussi dire botter le cul à nos masculinités toxiques.

On peut être mal à l'aise avec cette vérité-là, ça ne va pas changer grand-chose à la réalité de ce que nous vivons dans nos cabinets médicaux.

Toujours est-il que le mec adresse alors un signe en direction de tes boucles d'oreilles et te sort cette phrase merveilleuse :

« Normal, vous en êtes un peu une, hein. »

Pris de court, tu n'as pas eu le temps de répondre autre chose de plus inspiré que cette phrase (pourtant, avec le recul que confère le temps de l'écriture, tu la jugeras absolument géniale) :

« Oui. »

Sérieusement. C'était le plus beau « oui » de l'histoire des OUI. Vraiment. Tu as posé ça le plus calmement du monde, avec un petit sourire satisfait.

Le plus ironique ? Monsieur pensait te vexer en disant ça, alors que, une paire de minutes plus tôt, il te promettait n'avoir, je cite, « aucun problème avec les femmes ».

En plus, il a eu le bon goût de sortir ça devant leur gamin. Du coup, ta réponse ferme et sans appel est importante. Il est utile que le petit entende un son de cloche différent dans la bouche d'un autre homme, qui plus est un médecin. Tu ne regrettes pas. Pourquoi, dans notre monde, le féminin est-il une insulte pour le masculin ? Car enfin, cet homme... Combien sont-ils, ceux comme lui ? Les petits coqs. Les ridicules petits coqs à qui l'on a si mal appris ce qu'est la masculinité, et où la placer sur le curseur de l'ordre sexuel ! En haut, évidemment. Quel monde mal édifié ! Qui hait le giron dont il vient et ne cesse de vouloir y retourner (qui par la séduction, qui par le mariage, les pubs, les films). L'injonction au sexe, comme la prédation masculine et son désir de domination (la culture du viol), sera partout, sera dans tout, tout le temps. Toi-même, Baptiste, oh, petit coq Baptiste qui tremblait déjà de rage quand on le mégenrait, enfant, qu'on lui donnait du « petite fille » ! Petit coq ivre de rage, parce qu'il avait bien enregistré, le petit mâle, que c'est honteux d'être une fille quand on est un garçon.

Les « masculinistes » méritent tous de crever pour mille et une raisons, mais d'abord pour celle-ci : avoir discrédité, avili, terni, déconsidéré, sali, flétri, enlaidi, frelaté l'ensemble des attributs traditionnellement associés au genre féminin.

Parfois, tu n'arrives pas à exprimer avec la précision espérée ce que c'est qu'être homosexuel dans cette société.

Tu te souviens de cette patiente, Catherine. Tu t'occupes d'elle et de ses deux filles. Elle a des soucis d'hypertension artérielle, mais chaque fois que tu dois lui prendre la tension, elle manque de peu le malaise. Tu ne te l'expliques pas, mais pour son bien, vous convenez de la chose suivante : elle prendra chez elle sa tension avec un tensiomètre électronique, même si les résultats sont moins fiables.

Un jour, elle te souhaite de bonnes fêtes à « vous et votre épouse », et tu lui souris en disant « moi et mon mari ». Elle ne relève pas, mais quelque temps après, lors d'une consultation, alors même que tu ne prends plus toi-même sa tension depuis longtemps, elle te demande si c'est d'accord pour toi d'essayer de nouveau.

« Ça va ? lui demandes-tu en enfilant le brassard autour de son bras.

– Ça va. »

Elle inspire, expire.

Tu actives la poire à air, le brassard se gonfle et lui serre le bras.

« Ça va toujours ?

– Ça va. »

À partir de ce jour, effectivement, ça ira.

Et un jour elle te confiera, à demi-mot, qu'être seule dans une pièce avec un homme hétérosexuel qui « serre [son] bras » était la cause de ses angoisses.

Cette scène, ces émotions qui traversent Catherine, son traumatisme qui remonte à la surface quand elle est avec un homme, tu vas y penser souvent.

Une autre patiente va aussi bouleverser ta manière de voir les rapports hommes-femmes. Elle s'appelle Virginie. Tu as raconté son histoire dans un de tes romans. Elle a toqué à ta porte de médecin un jour d'épuisement, de galère. Elle vivait seule avec ses deux enfants et semblait au bout du rouleau. Tu as essayé d'être à l'écoute, et Virginie a apprécié cela, tu crois. Elle est revenue pour la varicelle du petit, pour confier ses inquiétudes quant à la crise d'adolescence de sa grande. Tu la voyais affronter tout ça vaillamment, en solitaire. Et tu étais admiratif : Virginie ne baissait jamais les bras. Alors toi, tu voulais être sûr qu'elle ne se sente pas trop seule. Tu connais d'autres mères célibataires : la solitude, l'isolement, autant de pierres dans leurs chaussures qu'un médecin de famille doit surveiller.

Bref, tu essayais d'être présent pour elle.

As-tu mal géré la distance patiente-soignant ? Un jour où elle n'était pas bien, où elle pleurait, tu lui as laissé ton numéro de téléphone personnel. Tu le fais quelquefois, quand c'est vendredi soir et qu'il est ardu de trouver un cabinet médical ouvert.

« Appelez-moi si ça ne va vraiment pas ! »

Elle a pris le numéro en se raidissant, et tu n'as pas deviné ce qui se passait. Pourtant, à partir de ce jour-là, Virginie est moins venue consulter, ou alors elle prenait rendez-vous avec tes associés.

Pourquoi ? Tu l'as compris plus tard.

C'était un soir, tu marchais main dans la main dans la rue avec un garçon et tu es tombé sur elle. Virginie t'a vu, a vu ton compagnon, a eu l'air surprise, puis elle a passé son chemin. La semaine suivante, Virginie a débarqué au cabinet médical et a attendu longtemps pour passer avec toi.

À la fin de la consultation – tu te souviens –, elle s'est hissée sur la pointe des pieds et a déposé un baiser sur ta joue :

« Merci, docteur, d'être toujours là pour moi. Merci beaucoup. »

Toi, à ce moment-là, tu as soudain saisi pourquoi elle avait pris ses distances.

Et tu as pensé : *Faut-il que les hommes soient lourds et calculateurs pour que la moindre preuve d'attention rende les femmes méfiantes ? Faut-il que tu en aies soupé, chère Virginie, de la gentillesse intéressée des mâles ? Combien en as-tu croisé des hommes hétérosexuels et sans arrière-pensées dans ta vie ? Faut-il qu'on ait usé ta patience, ta confiance, pour te rendre ainsi prudente, sur le qui-vive. Comment peut-on, nous les hommes, rendre les femmes aussi vigilantes ? Aussi suspicieuses ? Et surtout : quel poids mental énorme pour elles de devoir être ainsi en permanence aux aguets !*

Ce jour-là, Virginie t'aura montré que, peut-être, rien n'est gratuit avec les hommes quand on est femme. Rien.

Et c'est sans doute là, à cet endroit précis, que se tient la meilleure part de ton identité homosexuelle : être un lieu reposant pour les femmes, où elles peuvent être aimées pour ce qu'elles sont, et surtout *pour rien*.

Tu ne pourrais pas donner de meilleure démonstration que les réactions d'hommes hétérosexuels à la tribune que tu publies un jour sur un réseau social.

En l'écrivant, tu ne savais pas trop comment aborder ce sujet sans verser dans l'essentialisation, en faisant d'expériences personnelles une règle immuable, et tu avais bien conscience que ton statut d'homme gay te plaçait dans une situation délicate.

Tu expliques comment, après dix ans de médecine générale, des milliers de consultations, après avoir été au contact de milliers de familles, tu en es venu à penser que, fondamentalement, les hommes n'aiment pas les femmes.

Plus exactement, tu en es venu à la conclusion que beaucoup d'hommes n'aiment pas leur femme. Ils aiment la validation sociale que procure le fait d'avoir une femme, ils aiment le sexe gratuit qu'une vie à deux procure. Ils aiment avoir quelqu'un à la maison qui gère les lessives, le linge, la vaisselle, qui fait les courses, la cuisine, baigne les petits, s'occupe des devoirs et des activités parascolaires.

Et surtout ils s'illusionnent en pensant que tout cela s'appelle l'amour avec un grand A parce que ça les arrange bien au quotidien. Tu les reçois au cabinet, toi, leurs femmes. Et tu vois leur épuisement. Et tu ne vois pas comment leurs époux peuvent l'ignorer puisque tu les vois aussi, ces hommes, et tu les entends te dire : « Attendez, j'appelle leur mère, c'est elle qui sait pour les vaccins des petits », ou des trucs comme : « Le nom de mon anti-hypertenseur ? Celui que je prends tous les jours depuis dix ans ? Attendez, j'appelle ma femme ! »

OÙ EST L'AMOUR LÀ-DEDANS ?

Où est l'amour quand ils voient la personne qu'ils sont censés aimer s'épuiser quotidiennement ? Qu'ils le voient et qu'ils ne disent rien ? Qu'ils ne font rien pour que ça change ? Qu'ils trouvent ça normal ?

Quand tu écris ces mots, tu sais déjà que des frangines vont les lire et se sentir obligées d'être l'avocate de leur mari qui est super, parce qu'il fait la vaisselle aussi, et c'est cool pour vous, les frangines, mais du coup ce n'est pas d'eux dont tu parles.

Toi, ce que tu veux savoir, c'est pourquoi, si les hommes aiment vraiment leur femme, ils la quittent quand elle tombe malade, c'est-à-dire quand ils ne peuvent plus avoir le sexe gratuit. Le ménage gratuit. Les lessives gratuites.

Il existe des études. Tu ne sors pas ça d'une étude *from your ass*. C'est documenté : à l'annonce d'un cancer, une femme aurait six fois plus de risques d'être quittée qu'un homme[40]. Et c'est le même chiffre avec d'autres maladies (par exemple, la sclérose en plaques). Tu ne serais pas étonné que ces chiffres soient les mêmes quand ce n'est pas la femme mais l'enfant du couple qui tombe malade.

À tout cela, par habitude, on a donné le nom d'amour.

Mais où est l'amour là-dedans ?

Lorsque *Libération* t'interroge dans un grand entretien, tu recevras des milliers de messages de femmes racontant leur calvaire d'avoir été abandonnées quand elles sont tombées malades.

De l'autre côté, tu vas crouler sous les insultes et les quolibets de la part des hommes. « Sale pédé » (pourquoi sale ?), « gros pédé » (pourquoi gros ?) et cette litanie principale, revenant encore et encore : « Comment peut-il parler de l'amour qu'on a pour les femmes alors qu'il est pédé ? »

Savent-ils à quel point, avec cet argument, ils te

donnent raison ? Savent-ils qu'on peut aimer les femmes sans avoir envie de coucher avec elles ?

Avec leur « il parle de la manière dont on aimerait mal les femmes alors qu'il couche pas avec ! », ils montrent très exactement que leur vision de l'amour est interdépendante de celle de la sexualité. Terrifiant.

Pour reprendre les mots de Carl Wittman : « Nous avons beaucoup de choses à enseigner aux hétéros à propos du sexe, de l'amour, et de la résistance[41]. »

Savent-ils que l'amour n'a rien à voir avec l'orientation sexuelle ? Que les homosexuels aiment des tas de femmes profondément, des femmes dont le bien-être compte immensément pour eux ? Seulement, contrairement à beaucoup d'hommes hétéros, ils les aiment sans attendre de sexe en retour. Ils les aiment pour rien. Pour rien. Certains mecs hétérosexuels devraient essayer.

Tu touches peut-être du doigt, ici, une des raisons d'être de l'homophobie systémique : c'est en criminalisant le sexe entre femmes que les hommes hétéros conservent le monopole du plaisir, le leur, évidemment. Pourquoi ? Parce que, statistiquement, la sexualité hétérosexuelle fait jouir les hommes bien plus que les femmes (demandez-leur comment ça se passe au pieu avec les hommes). Oui, les hommes hétérosexuels ont tout intérêt à s'assurer que la sexualité lesbienne reste minoritaire : faudrait pas que leur nana apprenne ce que le sexe peut AUSSI être !

Posez la question à mille mecs hétérosexuels : « D'après vous, qu'est-ce qu'un rapport sexuel ? » et ils vous répondront majoritairement « pénétration vaginale ». Le clitoris viendra peut-être, mais après. Car le centre de gravité des mecs, l'alpha et l'oméga du plaisir, c'est la stimulation du pénis plutôt que celle du clitoris.

On va te dire que tu exagères, que tu sors ces chiffres de n'importe où. Et tu citeras cette étude canadienne[42] : le fossé orgasmique entre hommes et femmes n'existe que parce que les hommes se désintéressent du plaisir féminin et que les femmes évitent de partager leurs envies et besoins spécifiques par peur d'être jugées par leurs compagnons.

Il faut bien saisir ce que tu essaies de dire ici : même si tu avais du désir sexuel pour une femme, tu sais au fond de toi, parce que tu connais la nature des relations hétérosexuelles, que ce ne serait pas un bon deal pour elle. Que croient-ils, les mecs hétérosexuels ? Que vous, homosexuels, ne voyez pas la manière dont ils traitent les femmes ? Dont ils se comportent avec elles ? Que vous n'êtes pas nombreux à être rebutés par ça ?

Tu partages une étude dont la conclusion est *grosso modo* : Les hommes sont six fois plus égoïstes que les femmes, et tout ce que certains hommes trouvent à faire, c'est t'écrire pour protester : « Moi, je suis pas comme ça ! Moi, je suis un gars bien. Solide. Je suis pas comme ceux décrits dans l'étude. »

Moi moi moi moi !

C'est précisément parce que tu es homosexuel que tu peux avoir un avis bien plus lucide qu'eux sur cela : parce que ton homosexualité te permet d'accéder à l'amour débarrassé du sexe.

Parce que ton homosexualité est parfois un endroit serein pour elles, un lieu paisible où elles peuvent complimenter un homme – « j'adore ton pull, il te va trop bien ! » – sans se demander si celui-ci ne va pas traduire ces simples mots par : « J'ai envie de baiser avec toi. »

Tu n'écris pas ce que tu écris de n'importe où, tu l'écris depuis ton canapé, sous ce plaid où se sont glissées tes copines, Caroline, Sidonie, Catherine, Fatiha, toutes ces merveilleuses femmes, très seules, car trop vieilles, trop grosses, trop indépendantes, trop chiantes, trop chiennes, trop intelligentes, trop elles-mêmes, ces hétéros « exclues du grand marché à la bonne meuf », comme l'a écrit Virginie Despentes[43]. Toutes ces copines à pédés, comme on dit, et pour qui la solitude se solubilise dans les amitiés fortes avec les garçons homosexuels.

Tu es, et tes potes pédés sont, pour toutes ces dernières de la classe, un sanctuaire, un refuge, une communauté, un lieu où rire, où passer les longues soirées d'hiver, avec qui se baigner en été, parler cul crûment. Communier dans la saine et légitime haine des mecs et de l'immense fragilité de leur sacro-sainte virilité, auxquelles tu ajouteras le plaisir délicieux qu'on tire, entre copines, à moquer leur incommensurable ignorance à connaître les causes qui les déterminent à être si souvent de ridicules pantins brandissant un panneau où brille en lettres de feu la sempiternelle phrase qui leur tient tant à cœur : « MOI, JE NE SUIS PAS UN PÉDÉ. »

Ne trouvez-vous pas qu'il y a trop de personnages hétérosexuels dans les séries télé d'aujourd'hui ?

Voilà que tu repenses à cette soirée, pas si lointaine, en compagnie de ton amoureux. Tu étais passé le chercher à la sortie du boulot, et vous étiez allés au cinéma, avant de vous autoriser un petit restaurant. Il était tard lorsque vous êtes rentrés, l'air était léger, la température estivale, l'amour flottait, ou quelque chose comme ça, vous aviez passé une soirée merveilleuse, vous étiez bien.

À quelques mètres de votre appartement, quatre garçons vous croisent sur le trottoir. L'un d'entre eux, le plus grand, regarde ses potes (ou s'assure que ses potes nous ont vus, je ne sais pas) et lâche d'une voix dégoûtée : « Putain de sales pédés. »

Putain. De. Sales. Pédés. Il est compliqué d'expliquer ce qui se passe dans ta tête à ce moment-là. Tu n'as pas vraiment peur pour toi, mais l'idée d'un poing s'écrasant sur le visage de ton amoureux te tétanise. Dois-tu intervenir ? Ils n'attendent que ça, sans doute… Un bon prétexte.

Ta main garde obstinément celle de ton compagnon, la serre plus fort, tu ne sais même pas s'il a entendu, lui aussi, et il ne dit rien, il presse le pas, vous êtes deux, ils sont quatre et bien plus baraqués que vous. Seriez-vous dix qu'ils vous rétameraient tous compte tenu de leur gabarit, et c'est quoi l'alternative ? Finir aux Urgences ? Tu as baissé la tête, la magie s'est envolée, vous rentrez sans un mot, ton amoureux s'installe sur le canapé, pose ses écouteurs sur ses oreilles et écoute de la musique. Toi, tu te brosses les dents devant le miroir de la salle de bains, tu aimerais qu'il parle, ou tu aimerais lui parler, ne pas rester sur ce non-dit : est-ce qu'il m'en veut de m'être tu, couché, d'avoir rasé les murs ? Et est-ce que je lui en veux, moi ?

Tu parles de cette soirée, ce cinéma, cette injure, cette main que tu refuses de lâcher, et tu te dis que c'est peut-être ça, l'amour. Quand tu crois devoir lâcher la main de l'autre dans la rue, mais que tu choisis finalement de la serrer beaucoup plus fort.

Ce type a délibérément voulu prouver quelque chose à ses potes en nous traitant de pédés comme ça, gratuitement.

Nos masculinités n'ont de cesse de s'évaluer, se corrigeant s'il y a lieu pour, ensuite, d'une manière ou d'une autre, s'exercer dangereusement sur le dos des femmes ou celui des gays. Sans doute pourrait-on te reprocher ce « dangereusement », ou récuser son caractère essentialisant (« oui, mais tous les hommes ne sont pas dangereux ! »). Pourtant, soyons honnêtes : quand vous marchez dans la rue, la nuit, seul, et que vous entendez un bruit provenir d'une ruelle, qui votre cerveau reptilien préfère-t-il voir surgir ? Une femme ? Un homme ?

Le « bon père de famille » est-il plus rassuré de savoir que sa fille passe la soirée chez une copine avec dix camarades filles, ou seule chez un copain avec dix camarades garçons ? S'il ne triche pas avec lui-même, il en conviendra : oui, pas tous les hommes, mais tous potentiellement.

De la même manière : un groupe vient en face de vous sur le trottoir, alors que vous êtes seul et qu'il est 2 heures du matin. Comment votre appréciation de la dangerosité éventuelle de la situation est-elle modifiée par la présence d'une femme dans le groupe ? Et s'il s'agit d'un groupe exclusivement constitué d'hommes ? Ne mentez pas. Tu sais, nous savons, vous savez. Les gays comme les femmes savent.

Selon un rapport de SOS Homophobie[44], le plus souvent les attaques homophobes sont menées par des hommes : dans 38 % des cas par des hommes seuls, dans 13 % des cas par des groupes d'hommes et dans 32 % des cas par des groupes mixtes.

Les femmes lesbiennes, elles, sont davantage stigmatisées quand elles sont en couple : 63 % des violences lesbophobes s'exercent sur des couples dans l'espace public, c'est-à-dire quand leur sexualité devient… juste visible !

Au début, quand tu as pu t'approprier totalement cette foutue orientation sexuelle et que tu as commencé à fréquenter des lieux « dits » gays, ou des applications pour rencontrer des garçons, tu as été profondément ébranlé par le nombre d'hommes mariés (à des femmes) qui rasent les couloirs d'Internet et des saunas pour hommes.

Naïvement, tu pensais trouver dans ces endroits à la fois du plaisir et des adelphes, tu y trouveras d'abord des lieux de pure socialisation masculine : ça fume, ça boit de la bière, ça cause placements immobiliers ou grèves de l'Éducation nationale, et ça commente le physique des petits mecs qui passent.

Et tout cela s'organise non « entre homosexuels », c'est-à-dire entre personnes en situation de minorisation par la société, mais « entre hommes », c'est-à-dire entre avatars d'un système masculino-centré.

Tu te souviens de ce patient, il y a de cela plus de dix ans, que tu soignais en tant que remplaçant de son médecin de famille. Voilà qu'un jour tu le croises dans un sauna. Il baisse les yeux, regarde ailleurs, avant de te demander quelques jours plus tard, en consultation au cabinet, de ne rien dire à sa femme.

Tu te souviens encore de ce garçon avec lequel tu auras couché, et qui te confie être marié, avoir quatre enfants, et trouver dans ce lieu le seul moyen d'être lui-même, et d'aimer ce qu'il aime sans honte ni jugement. Il était, tu t'en souviens, « catholique pratiquant ».

Tu te souviens des garçons qui inscrivent sur leur profil de rencontre « Recherche garçon, discrétion +++ », le « discrétion +++ », bien souvent, signifiant « je me suis marié à l'église ou à la mosquée et ma femme attend notre deuxième enfant* ».

Tu te souviens de cet ami gay qui te raconte avoir consolé dans les cabines d'un sauna parisien cet homme avec lequel il venait de coucher, et qui pleurait dans ses bras parce que sa femme, qu'il aimait toujours et malgré tout, était en train de mourir d'un cancer du sein.

Tu te souviens de cet autre, notable, qui t'explique que sa femme est au courant de sa venue dans ces endroits et qu'elle s'en accommode très

* Que Dieu, Allah, Yahvé, l'Univers ou qui vous voulez empêche qu'un jour les femmes mariées accèdent aux historiques de navigation Internet de leur mari !

bien puisqu'elle n'a « plus envie de faire l'amour avec lui depuis des années... ». Cependant, ils refusent l'un et l'autre de briser le vernis sous lequel leurs familles respectives, leurs amis, leurs collègues, les connaissent.

Ah, si la société savait le nombre d'hommes mariés à des femmes qu'on croise dans les lieux « dits » gays... S'il était possible d'obtenir un tel chiffre, tu serais sadiquement curieux de connaître le poids cumulé de toutes les alliances déposées dans les vestiaires de saunas « gays » ! Sans doute devrions-nous compter en tours Eiffel.

N'oublie jamais : si tu es gay et que tu fréquentes ces endroits, dis-toi à propos de l'homophobe qui t'agresse ou t'insulte que tu as probablement couché avec son père « hétéro », ou son oncle « hétéro », ou son cousin « hétéro » dans une cabine sombre, aux vapeurs humides. Ça ne rend pas le coup dans ta gueule moins douloureux, mais cela console.

Vous ne représentez que près de 9 % de la population, dont la moitié seulement d'hommes, et loin d'aller tous fréquenter ces délicieux lieux de perdition que sont les bars à cul. Tu te poses une question : ces affaires marcheraient-elles sans le concours financier un peu honteux des hommes hétérosexuels mariés ? Recueillons-nous un instant en leur honneur. Hétéroland est un pays où le mensonge est institutionnalisé, mais la chair est meilleure quand elle est parfumée à la honte.

Parfois, tu songes au nombre de personnes que l'homophobie rend malheureuses, hétéros compris, et tu ne comprends pas pourquoi ce système arrive à perdurer.

À quoi ça sert, tout ça ? À qui ? Pourquoi faut-il qu'une société inculque la honte à certains de ses membres ? Pourquoi *faut-il* des boucs émissaires ? Quel besoin ou désir de violence expient-ils ? Pourquoi faut-il que les bourreaux soient sûrs de leur fait ? Pourquoi faut-il que les victimes se sentent coupables, et, pire encore, que la société arrive à les persuader de leur culpabilité ?

Tu te souviens : tu es invité aux Utopiales de Nantes, l'un des meilleurs salons du livre de France, et tu es en train de refaire le monde avec Julia. Julia est née assignée garçon, elle a toujours su qu'elle était trans, et elle a entamé un parcours de transition il y a plusieurs années.

Tu ne sais plus comment vous en êtes arrivés à parler de cela, mais voilà qu'elle se confie :

« Tu sais, Baptiste, pendant longtemps, je me suis interrogée sur mon rôle dans cette société. »

Tu lèves un sourcil interrogateur et elle se sent obligée d'expliciter :

« Quand tu dois affronter la violence de la transphobie tous les jours, vient un moment où tu te demandes si tu as vraiment ta place ici-bas, et s'il ne vaudrait pas mieux pour toi n'être jamais née... »

Tu poses ta main sur la sienne, car tu es son ami. Elle a la peau chaude et douce.

« Ne pense pas que je déprime, ou quoi, Baptiste. J'ai les idées claires et l'analyse lucide. Aujourd'hui, je sais quel est mon rôle dans cette société. Je suis une confidente.

– Une confidente ?

– Oui, il y a les créatifs, les meneurs, les diplomates, les explorateurs… Eh bien moi, je suis une confidente. Celle vers qui tous mes amis se tournent quand ils ont besoin de vider leur sac. Quand ils ont besoin de raconter leurs petits secrets, leurs histoires de coucheries ou leurs moments les plus gênants. C'est tout le temps comme ça. Avec moi, ils se livrent, et se soulagent d'un poids. »

Silence. Elle reprend :

« Il m'a fallu du temps pour comprendre pourquoi les gens se sentent ainsi capables de tout me dire, de tout me confier.

– Ah, et pourquoi, d'après toi ? »

Ses paupières tremblent un peu, mais sa voix ne flanche pas. Tu n'oublieras jamais ce qu'elle te dit alors, la violence de ses mots te heurtera chaque fois.

« Parce que, Baptiste, dans la société dans laquelle on vit, pour la plupart des gens, aucune honte n'est ou ne sera supérieure à la mienne. »

Quand tu fais lire le manuscrit de ce récit à un ami hétérosexuel, il te dira ne pas aimer l'adresse à la deuxième personne, ce tutoiement permanent :

« J'ai l'impression de me faire engueuler. »

Tu seras déçu, de prime abord, qu'il ne soit pas

au rendez-vous de cet effet de style, ayant envisagé ce tutoiement comme un exercice d'empathie. Pourquoi ce sentiment d'être réprimandé alors que tu ne fais que parler de ton histoire ? Si réquisitoire il y a, il s'adresse au système hétéronormé, pas à la personne hétérosexuelle ? Est-ce vraiment le sentiment de se faire engueuler qui le gêne ? Ou plutôt que, en l'obligeant à embrasser ton intimité, il se rend compte combien cette vie d'homosexuel dans un monde hétérosexuel est inconfortable ? Oppressante ?

« J'ai l'impression de me faire engueuler. »

Non. Il a juste peur d'être traité comme les homosexuels sont traités depuis la nuit des temps.

La honte, il ne s'agit pas seulement de la faire intérioriser aux homosexuels, lesbiennes, trans, etc., il s'agit aussi de l'instrumentaliser politiquement.

Ainsi le procès médiatique en transidentité intenté contre Michelle Obama[45], puis plus tard envers Jacinda Ardern[46], la Première ministre de Nouvelle-Zélande, ou encore Brigitte Macron. Chaque fois, on prétendra que ces trois femmes puissantes seraient en réalité des personnes nées assignées garçons et qui tromperaient leur monde. Mais aussi, dans le cas de Brigitte Macron, qu'elle aurait en tant que femme trans assujetti l'esprit malléable d'un jeune collégien dont elle était la professeure de français. Car, au fond, c'est plus commode d'expliquer que Brigitte Macron est « un homme déguisé » coupable de détournement de mineur, plutôt qu'une femme hétérosexuelle coupable des mêmes faits... Avec ce récit, la perversion reste « du côté » des personnes LGBT.

S'ensuivent tous les délires possibles, sur Facebook, Twitter, etc., autour de prétendus réseaux de pédocriminalité couverts et entretenus par Emmanuel Macron lui-même, un Emmanuel Macron entièrement sous la coupe de la dangereuse transgenre Brigitte, Jean-Michel Trogneux de son « vrai nom » d'après les complotistes.

Cela n'est aucunement drôle : ces allusions sont abjectes, transphobes, vieilles comme l'homosexualité elle-même, et on pourrait se dire qu'elles sont trop dégueulasses (ou marginales) pour être relevées dans le présent ouvrage, si, malheureusement, par exemple, le hashtag #Jean-MichelTrogneux ne s'était pas hissé en janvier 2022 comme « top tendance » sur Twitter et n'y avait pas été partagé plus de 34 000 fois par les internautes sur ce seul réseau (!), obligeant Brigitte Macron à engager des poursuites judiciaires et à répondre à la question du présentateur du JT de 13 heures, Jacques Legros, sur TF1 : « Qu'est-ce que vous avez à répondre à la théorie conspirationniste selon laquelle vous seriez née homme ? »

Cela n'a rien de secondaire. Qui veut noyer son chien l'accuse de la rage, et il semblerait que, pour beaucoup de nos compatriotes, il n'est de pire peste que l'accusation de transidentité, puisque le moindre soupçon de « trouble dans le genre » constituerait une faute inexcusable justifiant un désaveu politique majeur et la nécessité de s'en expliquer au journal télévisé le plus regardé de France.

C'est ce phénomène social que tu interroges.

La honte, d'aussi loin que tu t'en souviennes, a dirigé ta vie : sourire, ne rien montrer, faire semblant, te moquer des comme toi avec les comme eux, rire gras, un peu, beaucoup, de toi, de ce que tu es, de ce que tu hais, de ce que tu aimes, la honte à coups de cravache, à coups de pied, à coups de poing, serrer les dents, sourire, sourire, laisser passer l'orage, un orage qui dure vingt ans.

La honte, c'est aussi embrasser ta sexualité mais contrôler tes gestes, la tonalité de ta voix, la hauteur de ton rire, car tu as vite pigé : ici-bas, y a le bon gay et le mauvais gay.

Y a le gay, tu ne sais pas qu'il est gay, il pourrait être hétéro. Ça, pour la société, c'est le bon gay*.

Et y a la fiotte, la pédale, la folle, la lopette, la

* Et là tu t'adresses également aux bons gays : vouloir avoir l'air respectable pour mendier des droits auprès des hétéros, c'est d'abord une compromission de l'esclave envers son maître (l'hétéronormativité est tyrannique, vous serez toujours trop pédé pour elle), mais c'est aussi une faute politique et militante majeure depuis que deux humains se sont mis autour du feu pour causer politique au fond d'une grotte et décider du nombre de graines auquel aurait droit le troisième.

tante, la tata, la tantouze, la tafiole, la tapette, la tarlouze, le pédé, etc.

Lui, il est gay et il ne se fend d'aucun effort pour ressembler à un hétéro. Pire encore : il est gay et il le montre.

IL. LE. MONTRE.

Ben, vous savez quoi ? Composez avec. La gêne, elle est de votre côté.

Peu après ton coming-out, tu décides d'aller à la marche des Fiertés pour la première fois, avec les quelques amis gays que tu t'es faits. Pourquoi y vas-tu ? À l'époque, les débats autour du mariage pour tous ont cristallisé tellement de haine dans ton pays que tu as besoin de ne pas te sentir seul, de te sentir *plusieurs* : tu as besoin d'un petit truc qui te donne de la force. Tu n'en peux plus de voir les rues de la ville où tu es né, où tu as grandi, s'enlaidir de la sorte, souillées par ces gens qui marchent contre tes droits, et qui, sûrs de leur cause, brandissent des banderoles avec ces slogans* :

« Un papa, des roustons, une maman, des

* Curieux que les contempteurs du mariage pour tous et de la PMA brandissent l'argument contre-nature, alors que prendre les lois naturelles pour échelle normative, c'est ouvrir la porte à la violence de l'eugénisme, du darwinisme social, et à la loi du plus fort. Pas très catholique, tout ça.

nichons. » (Quelle belle vision zoologique du genre humain !)

Ou nettement moins poétique :

« La France a besoin d'enfants, pas d'homosexuels », qui a le mérite d'être clair.

L'idée que, derrière les fenêtres des immeubles bordant ces rues, des adolescents puissent les voir, eux et leurs messages, ne les effleure pas le moins du monde. Pourtant, l'estime de soi, la confiance en soi sont des processus psychologiques qui se construisent pas à pas. C'est compliqué, un adolescent. Tout en creux, en plaies et en bosses. Souvent mal dans sa peau et fragile. Une vraie éponge. Très influençable. Avec des désirs complexes. Et des pulsions aussi, parfois morbides, et tu sais de quoi tu parles, car on en reçoit plein aux Urgences. Tu te souviens même d'avoir consolé toute une nuit un garçon qui voulait mourir parce qu'il aimait les garçons et qu'il avait vu à la télé une femme qui disait que les homosexuels étaient pédophiles.

Alors, toi, tu défiles parce que tu es médecin, et parce que tu n'oublieras jamais ce gamin qui a pleuré toute une nuit dans tes bras.

Quand tu as marché, ce jour-là, dans les rues de ta ville avec tes adelphes, tu as compris pourquoi cette Marche était si importante. Une fois par an, les enfants de nos villes peuvent voir depuis leurs fenêtres des femmes et des hommes différents, dansant et chantant. Certains portent des couleurs criardes, ou rien de tout cela : des marcheurs se fondent dans la masse anonyme, hétérosexuels, homosexuels, lesbiennes, bisexuels, transgenres, ils défilent tout simplement. Et ils ont l'air heureux.

C'est fondamental, le bonheur : on espère tous y arriver un jour. Toi, tu as tellement espéré, ressentir ça : appartenir à une communauté de personnes comme toi. Et soyons clairs, ce n'est pas le fait de partager la même orientation sexuelle minoritaire qui t'insuffle ce sentiment océanique d'être une vague retrouvant son océan après un long périple. Non, ce sont vos blessures en commun qui vous soudent, ce sont les injures, les pleurs, les doutes, l'isolement subi, ce sont de ces plaies communes que tu tires cette émotion sublime d'appartenance. Ils savent ce que tu sais. Ils ont connu ce que tu as connu.

Et tu comprends que c'est, précisément, *cette joie de ne plus être seul, donc fragile*, ce que l'homophobie combat quand elle critique la marche des Fiertés.

Tu t'expliques : être invisible, c'est aussi renforcer, chez les personnes marginalisées, le sentiment d'isolement. De solitude. Circonscrire, c'est désespérer. Couper toute forme d'imagination. Interdire de puiser dans l'autre qui nous ressemble la force de changer le monde. À plusieurs, on peut se sentir forts, puissants, parfois même pour la première fois de sa vie. À plusieurs, on peut comparer son vécu, soigner ses plaies en sachant comment l'autre a soigné les siennes. À plusieurs, on peut transformer cet inédit sentiment de puissance, et travailler ensemble à un nouveau paradigme. Une possibilité se dessine. On peut l'imaginer, enfin. On peut prétendre à autre chose qu'une vie de soumission, de honte et de secret. En étant seuls, nous sommes plus fragiles et donc moins « dangereux » pour les groupes dominants et leurs privilèges. En nous invisibilisant, ils nous éparpillent, et en nous éparpillant, ils nous empêchent de rêver ensemble, puis de gronder ensemble. La politique, ça commence à deux.

Oui, cette marche des Fiertés est importante, tu le saisis soudain avec une acuité démultipliée. Importante, et pas seulement pour ceux qui sont en bas et qui défilent. Elle l'est aussi pour ceux qui sont en haut : pour les adolescents derrière les rideaux. Pour leur adresser des messages différents de « La France a besoin d'enfants, pas d'homosexuels »... Ces messages, portés par cette foule différente, disent ceci : « N'aie pas peur. Qui que tu sois, n'aie pas peur. Tu n'es pas tout seul. Ce que tu es et qui tu aimes n'est pas grave. Seule la mort est grave, petit. »

C'est sans doute le message le plus politique et humaniste que porte cette Marche : on est là, on existe, et c'est important que tout le monde le sache, particulièrement celles et ceux qui se sentent seuls au monde.

Vous croyez que nous les avons aidés ces dernières années ? À s'accepter ? À prendre confiance en eux ? À éprouver de l'estime pour ce qu'ils sont ? Vous croyez que nous les avons aidés à grandir ? À s'épanouir ? À être heureux ? Avec nos débats interminables sur le mariage pour tous d'abord, puis la PMA ensuite… On se dit « adultes », citoyens, pères, mères, on manifeste, on dit vouloir défendre des valeurs, protéger les enfants… Putain, mais les adolescents sont tellement mal dans leur peau qu'ils se moquent pour la plupart de savoir ce qu'il en est du mariage, de l'adoption, de la PMA ou de la GPA. Ils se moquent de ces problèmes d'adultes. Mais ils voient, ils entendent, ils interprètent (souvent à côté de la plaque : ce sont des adolescents). Ils voient des coups échangés avec la police, des vitrines brûlées, des gaz lacrymogènes monter vers eux. Ils entendent aussi les slogans…

L'année ayant suivi les débats sur le mariage pour tous a vu le nombre d'enfants jetés de chez eux à cause de leur orientation sexuelle en augmentation constante (plus 35 % de demandes d'hébergement d'urgence auprès de la fondation Le Refuge[47]). Par ailleurs, en 2013, soit l'année du mariage pour tous et de La Manif Pour Tous, le nombre de témoignages de LGBT-phobie était le plus important en vingt-cinq ans d'existence, avec 3 517 appels auprès de SOS Homophobie.

La marche des Fiertés est importante. Allons défiler. Pas parce que nous sommes hétérosexuel, homosexuel, lesbienne, transgenre ou bisexuel. Allons défiler pour ces gamins qui veulent pleurer dans des bras qu'ils ne trouvent pas. Pour leur dire de ne pas avoir peur, qu'ils ne sont pas seuls. Pour leur dire que nous existons comme eux, que nous sommes légitimes comme ils sont légitimes, et leur crier dans toutes les langues et sur tous les continents à quel point ce n'est pas *grave* d'aimer quand seule la mort est *grave*.

« Pourquoi tu dis que tu es gay ? Moi, je ne dis pas que je suis hétéro, je m'en fiche de la sexualité des gens. »

Aujourd'hui, on le dit car on refuse d'être pris par défaut pour un hétéro, et on refuse toute présomption d'hétérosexualité (au bout de vingt ans de ce régime-là, toi, tu en as soupé). On le dit aussi car nos identités sont politiques. On le dit enfin car si, quand ils entendent « gay », ils pensent exclusivement à une « sexualité », ils sont une part du problème, et ils contribuent à le dépolitiser.

« Si tu revendiques ta sexualité comme politique, tu justifies et légitimises par essence l'apparition de politiques opposées aux homosexuels. »

Ce ne sont pas les homosexuels qui rendent l'homosexualité politique, ce sont les homophobes qui le font lorsqu'ils défilent dans la rue, nous insultent ou nous tabassent.

Ces remarques te heurtent chaque fois. Parce que tu sais que si la personne est capable de dire ça tout haut, elle pense bien pire tout bas. Et tu sais que ce sont les mêmes qui viendront, chagrins, pleurer sur ce qui constitue pour eux l'inégalité fondamentale :

« Oh, mais pourquoi il existe une marche des Fiertés et pas une marche pour les Hétéros ? Et si, tout simplement, personne ne se demandait qui est hétéro et qui est gay ? Car ce n'est pas ce qui est le plus important pour se définir en tant qu'individu. »

C'est pour cela que tant de personnes militent. Pour que ce jour arrive. Mais tant que toi et tes adelphes vous aurez peur de tenir la main aimée ou de vous faire tabasser dans la rue à cause de qui vous êtes ou de qui vous aimez, toutes ces affirmations « généreuses » sonneront comme une négation de votre vécu en tant que minorités, en plus d'être *en soi* une tentative insupportable de dépolitisation.

Affirmer que la sexualité n'est pas politique, c'est un non-sens historique / artistique / social. La sexualité et les dynamiques de domination qui la parcourent ont façonné nos sociétés. Et déterminent nos chemins de vie.

Tu es allé à ta première marche des Fiertés, tu as relevé la tête, pour la première fois de ta vie, tu as relevé la tête, oui, et tu étais avec les tiens, ta communauté de douleur, et dans ce lieu de la rue, qui a si souvent été celui du rouge aux joues et de l'injure, voilà que la ville t'appartient l'espace d'un après-midi, que ton sentiment de solitude vole en éclats, et que tu te sens fort de tous ces gens qui partagent tes plaies et tes chaînes. Tu portes une casquette avec un écusson arc-en-ciel, tu es fier de ces couleurs, non pas fier en raison de qui tu aimes ou qui tu es, mais en raison de ce courage qu'il t'a fallu pour ne pas te foutre en l'air dans cette putain de société hétéronormative, fier d'avoir survécu, d'avoir tenu, d'avoir bandé les muscles contre cette tempête permanente qu'était ta vie avant cette Marche.

Puis la Marche se termine, chacun rentre chez soi, les arcs-en-ciel se dispersent dans les rues, ne font plus bloc, TU ne fais plus bloc, et quand tu marches, seul, vers ta maison, tu sens bien que ce bonheur n'a été qu'une parenthèse, un moment de liesse collective pour vos *souffrances analogues*, vite effacées à mesure qu'elles se délayent, se diluent, retrouvent leur isolement.

Tout est éparpillé maintenant.

Tu croises une bande de mecs, tu tournes vite ta casquette à l'envers pour qu'ils ne voient pas l'écusson arc-en-ciel, puis, quand ils t'ont dépassé, tu l'enlèves et tu la ranges, cette casquette.

Oui, tout est éparpillé, ce n'est plus l'heure d'être fier. Il te faudra des années pour ne plus avoir peur, ni des coups, ni des injures, ni du regard des autres.

Pour garder ta casquette à l'endroit.

À l'âge de 26 ans, te voilà édité pour la première fois, et tu découvres le monde de l'édition. Ayant toujours rêvé d'écrire, tu aimes, mais tu tiques. Le milieu littéraire est hypocrite : nombreux sont les auteurs et autrices LGBT+ qui le cachent par crainte des on-dit...

La honte, toujours.

Si toutes celles et tous ceux auxquels tu penses sortaient du placard, quel bond dans les mentalités ce serait ! Des grands noms, des personnes adorées de leur lectorat. Les personnes puissantes doivent dire leur homosexualité. Elles doivent le dire sur les plateaux télé, à la radio, elles doivent le dire dans les colonnes du canard qui chronique leur livre, elles doivent le dire dans les dîners mondains, dans les écoles où elles expliquent le métier d'écrivain, elles doivent le dire dans les conférences qu'elles donnent, dans les salons du livre, elles doivent le dire sous la douche, au petit déjeuner, au chauffeur de taxi, elles doivent dire leur homosexualité partout, partout, partout, car si les personnes puissantes ne le proclament pas, à quoi sert d'être une personne puissante ?

Quel manque de courage et d'audace. Un jour, il faudra bien porter son clito et ses couilles et cesser d'être une grenouille froide ! Car ce silence a valeur d'assentiment, l'homophobie tue !

Il est important que les personnalités qui le PEUVENT ne mentent pas sur l'identité de la personne qu'elles aiment : en se taisant, elles alimentent l'idée qu'être LGBT+ serait vaguement honteux, et n'aurait pas d'autre vocation que de rester secret.

Parce qu'il est temps que la honte change de camp et d'inverser les points de vue : ce n'est pas parce qu'un enfant est homosexuel qu'il est viré de chez lui, c'est parce qu'il a des parents homophobes. Modifions le paradigme, modifions les représentations en disant haut et fort ce qu'il en est du réel. La honte, ce n'est pas d'être LGBT+, c'est d'être contre l'extraordinaire diversité des visages du genre humain, et si personne ne devrait être sommé de choisir un camp, on ne peut pas faire comme si le silence ne profitait pas toujours aux mêmes.

Tu dois parler de Marion. Qui en parlera sinon ? Elle a croisé ta route de soignant, et tu as croisé sa route de patiente. Ce qu'elle vit, tu l'as vécu « sensiblement » bien des années plus tôt. Tu as « traversé » ce temps de vie incertain, en tant qu'être humain sensible soumis à cette même expérience de la minorité. Tu peux en témoigner en tant que militant, et tu peux te donner les moyens de le retranscrire et de le partager en tant que romancier. Ce n'est pas rien. Il t'aura fallu en gravir, des échelons de l'échelle sociale, pour te faire le relais de son histoire.

Quand tu la rencontres pour la première fois au cabinet médical, elle s'est scarifié les avant-bras jusqu'au sang, et c'est les bras couverts de bandages qu'elle se présente à toi. Dessous les plaies saignent, dont sourd un pus jaune et malodorant. Tu vas mettre plusieurs semaines avant de briser la carapace de cette adolescente de 15 ans. Pourquoi s'inflige-t-elle tout cela ? Que veut-elle faire sortir de l'intérieur ? Et pourquoi cet « accouchement » se doit-il d'être aussi douloureux ?

Marion vient te voir toutes les semaines. Parfois pour que tu soignes les plaies qu'elle a tracées dans ses chairs, parfois « juste » pour parler. Elle est suivie par un psychiatre. Une psychologue. Et une thérapeute familiale. Ses parents – petit côté post-soixante-huitard – l'aiment. Sa grande et sa petite sœur l'aiment. Son parrain, gay, vient déjeuner tous les dimanches avec son mari. Sa tante vit avec une femme depuis vingt-cinq ans. Nous sommes en 2024 et les temps ont changé depuis tes 15 ans.

Marion évolue dans un lycée de centre-ville à la réputation solide et en même temps un peu baba, un peu *roots*. Le lycée concurrent est pour les matheux, celui de Marion pour les littéraires, ils jouissent tous les deux d'un taux de réussite sensiblement identique au bac.

Le tissu social de Marion est solide. La cellule familiale est solide. Pourtant Marion se blesse. Marion se taillade les avant-bras et songe à la mort. Marion n'a pas été agressée. N'a pas subi de violences, ni psychologiques ni sexuelles. Pourtant Marion veut mourir.

Tu vas la laisser s'ouvrir à toi, ça va se faire progressivement, et bilatéralement. De temps en temps, au cours de la consultation, tu glisses des mots comme « mon copain ceci » ou « mon copain cela ».

Lors de ta quatrième marche des Fiertés, tu la croises dans la rue. Tu défiles avec des amis, pas elle. Tu lui proposes de se joindre à vous. Elle marche, un peu, à vos côtés. Dans les semaines qui suivent, la digue saute : Marion pense préférer les filles. Elle te le dit, sans te regarder dans les yeux, pendant que les tiens sont concentrés sur les plaies de ses bras que tes mains pansent avec ce que tu as de plus délicat en toi. Ça y est, vous y êtes. Enfin. Un vieux pédé qui soigne une jeune gouine, ce n'est, après tout, qu'un juste retour des choses : les gouines, les trans et les féministes ont plus œuvré pour les pédés que les pédés eux-mêmes.

Marion va reprendre du poids. Cesser de se scarifier. Se remettre à sourire. Devenir une jeune femme lumineuse.

Les mois passent, tu es à vélo, entre deux visites à domicile, tu la croises dans une rue de ta ville, main dans la main avec une autre fille. Elles rient. Elle vient de déposer un baiser dans son cou quand elle t'aperçoit : « Hé !!! Docteur ! Salut ! » Elle te saute dessus, est heureuse de te voir, heureuse tout court. Elle porte un tee-shirt à manches courtes, et n'a honte de rien. Bref. L'histoire de Marion ne cessera de t'interroger.

Tu as souvent pensé que les choses avaient changé. Par rapport à ton époque. Et sans doute est-ce vrai : les choses ont changé. Mais alors : pourquoi Marion ?

Si l'être humain se croit libre car il ignore les causes qui le déterminent, quelles causes secrètes ont procédé aux souffrances de cette jeune fille ?

Quel système ? Comment ça fonctionne ? Grâce à quoi, à qui ? Et qui cela sert-il ? Si tant est que cela serve quelqu'un. Et si cela ne sert à personne, alors à quoi bon ? À quoi bon ?

N'attends pas qu'on te concède ta liberté d'aimer et d'être. Prends-la. Organise toi-même les conditions de ta liberté.

Cela passe par dire haut et fort et sans honte qui tu es et qui tu aimes. Tu existes, et tu ne te bats pas pour la tolérance. On tolère ce qui est tolérable. Il n'y a pas à tolérer ou non des êtres humains. Tu ne te bats pas non plus pour l'amour. Tu sors les griffes et montres les dents pour le respect, le droit à l'indifférence, tes droits civiques, la mort du patriarcat, et pour virer les personnes toxiques LGBTphobes de ta vie. Tu penses à tous ces auteurs et autrices que tu aimais lire enfant, et que tu as eu la chance de côtoyer plus tard en devenant écrivain toi-même : vous pouvez, ensemble, faire changer les choses, vous pouvez ébranler des certitudes, casser des stéréotypes, briser des préjugés.

Il y a des Marion qui vous lisent, des Marion qui vous aiment, des Marion qui n'ont pour modèles d'homosexuels ou de lesbiennes que des images surannées, stéréotypées. Lorsque vos biographes écriront votre vie dans quarante ans, ne fileront-ils pas la métaphore ou n'useront-ils pas de périphrases ? Vos amours clandestines méritent mieux que d'être cantonnées à des débats entre universitaires. Vous pouvez changer tout ça. Et concourir ainsi à tuer ce grand mensonge collectif.

Évidemment, des tas de gens t'accepteront. Dans leur grande magnanimité, ils feront preuve de T.O.L.É.R.A.N.C.E. La tolérance, c'est pour le gluten ou le lactose, tu ne veux pas qu'on te tolère, tu veux qu'on te respecte et jouir des mêmes droits que les autres. Ils diront avoir eux-mêmes « plein d'amis gays », ils ne rateront pas une occasion d'afficher leur bonté d'âme en société. Mais essaie donc, un jour, de les reprendre sur un « pédé » jeté en l'air pour se vanner entre potes, sur une blague sexiste, et tu verras leur vernis se fissurer. Ils te diront que ce ne sont que des mots, des blagues, que tu prends tout mal, que tu es sinistre, qu'il faut se décoincer, qu'eux, ils se moquent de tout le monde, comme si tout le monde était logé à la même enseigne, ou pouvait jouir du même privilège à rire de tout, etc.

Dès lors que tu exprimeras autre chose qu'une simple exigence d'humanité (qu'ils n'aient ni haine ni violence envers toi), quand tu exprimeras une revendication politique, que tu leur demanderas d'inventorier leurs privilèges et qui sait, soyons fous, de les partager avec toi, tu verras leur visage se crisper. Ce monstre fugitivement grimaçant, c'est celui de l'homophobie *light*, acceptable, qui ne dit pas son nom, car, pour eux, l'homophobie, c'est casser du « pédé » dans la rue ! Comment pourrais-tu être objectif ? Toi le gay, toi la lesbienne, toi le trans, tu es trop concerné, eux sont objectifs, cela va de soi.

Tu comprends, l'homophobie, la vraie, celle qui tabasse, celle qui cogne, c'est pour les campagnes, c'est pour les banlieues, c'est pour les ploucs et les extrémistes. Tandis qu'eux, ceux des grandes villes, ceux qui flânent dans les musées et sablent le champagne dans des vernissages, ceux-là ne peuvent pas être homophobes : c'est mauvais pour leur image progressiste. Néanmoins, ne t'y trompe pas : ta « subversion sexuelle » a pour strictes limites l'avantage social qu'ils peuvent en tirer, essentiellement les rassurer sur leur ouverture d'esprit.

De toute manière, sois bien certain d'une chose : il y aura toujours un hétérosexuel pour te décevoir quelque part.

Les hétérosexuels n’ont pas besoin de se marier. Pourquoi vouloir absolument avoir le droit de se marier ? Qu’est-ce que ça change ?

Si l'homosexuel est parfois un refuge pour certaines femmes, certaines femmes sont parfois des refuges pour les homosexuels. Ce que tu as compris de ta condition, tu le dois au combat féministe et aux femmes qui le mènent.

Tu te souviens, lors de ton entrée dans le milieu gay, des blagues que tu as pu entendre sur le clitoris, ou des cris d'effroi à la seule mention d'un sexe féminin. Tu te souviens aussi de la hiérarchisation par laquelle certains hommes gays se désignent sur le ton de l'humour*.

* Il y a le gay de bronze, le gay d'argent, le gay d'or et le gay de platine. Le gay de bronze, c'est celui qui a déjà couché avec une femme. Le gay d'argent, lui, n'a jamais couché avec une femme. Le gay d'or, lui, n'a jamais couché avec une femme, mais il est né par voie basse. Le gay de platine, lui, n'a jamais couché avec une femme, et il est né par césarienne (il n'a donc jamais « connu » de sexe féminin).

Tu manquerais clairement d'honnêteté si tu omettais la misogynie intrinsèque au milieu gay. Intrinsèque ? Pas si sûr. Ne viendrait-elle pas de la misogynie inhérente à la socialisation masculine d'une part, d'une forme d'homophobie intériorisée d'autre part, cette détestation de soi-même qui s'exprimerait par ce besoin de clamer une forme de détestation pour tout ce qui, dans la société, est étiqueté « féminin » ?

« Je suis gay, mais je n'ai rien de féminin en moi et d'ailleurs regardez : je n'aime pas ce qui est féminin. »

Tu as observé, avec beaucoup de bonheur, cette misogynie s'affadir dans la génération homosexuelle qui t'a succédé. C'est une impression personnelle, donc biaisée, mais quand, par exemple, tu vois des amis homosexuels se reprendre en soirée sur des blagues sexistes ou misogynes et essayer de penser ensemble la misogynie de leur communauté, tu reprends espoir. Il y a également un réel effort d'historicité de la lutte homosexuelle : on sort les dossiers des archives et on remet à leur juste place les femmes dans la conquête des droits homosexuels.

Depuis toujours, certains homosexuels épousent des « avatars féminins », et loin d'en faire un objet de dégoût, ils vont le glorifier et se le réapproprier au sein de la culture queer, comme un pied de nez à la misogynie sociétale *et* intériorisée. À cet égard, le succès d'émissions où des drags concourent est un bon reflet de cette réappropriation ou retournement du stigmate.

Tu te souviens du jour de votre rencontre. Il est là, ce garçon, magnifique garçon au nez busqué et au menton pointu. Vous vous êtes retrouvés devant le cinéma. C'est un premier rendez-vous. Tu as 35 ans.

Le film commence : *Birds of Prey*, une histoire pas spécialement passionnante, mais qui a le mérite de mettre en scène différentes nanas aux superpouvoirs défonçant des super-vilains en usant de tous les instruments contondants à leur disposition.

Le garçon au nez busqué tressaille, il sourit, des petits tics nerveux agitent ses poings, le haut de son corps est pour ainsi dire *engagé* dans l'action qui se déroule à l'écran et il serait capable d'applaudir. Les personnages féminins à l'écran (*badass*, comme on dit) donnent tout, tatannent encore et encore, les mecs souffrent, et le futur tien, de mec, sur le siège d'à côté, tu l'observes du coin de l'œil : ce massacre, son et lumières, de la virilité, il s'en régale comme jamais. Le spectacle est total pour mon petit pédé. Les lumières du film se réfléchissent sur le sourire qui fend en deux son visage, et quand Harley Quinn saisit une batte de base-ball qu'elle écrase de toutes ses forces sur la face d'un vilain (on entend distinctement des os craquer), tu vois les lèvres de ce beau garçon se pincer et son menton donner un petit coup en avant, sec, satisfait, comme pour l'encourager : « Retournes-y, Harley, il en mérite encore ! » Il est dans le film, il est Harley Quinn, il tient cette batte, et il écrase avec elle ces antagonistes masculins et virils qui ne l'ont pas prise au sérieux, car elle n'est

« rien qu'une femme », et qu'une femme ne saurait défoncer le crâne d'un mec. Et tiens, revoilà le petit coup de menton en avant.

Qu'est-ce qu'il répare, là, maintenant, Nez Busqué ?

Tu ne le sais pas. La communauté gay entretient un trope particulier à l'endroit des femmes fortes et dangereuses, ou à tout le moins témoignant de courage dans l'adversité, et d'une volonté d'émancipation certaine à l'égard des tutelles masculines. Ellen Ripley, Buffy, Thelma et Louise, Wonder Woman, Barbara...

Des femmes puissantes qui ne s'excusent pas d'exister, ayant le sens du glamour (l'esthétique dite « *camp* »), de l'exubérance (le « *camp* » encore) et un certain esprit tragique (le drama).

Plus tard, ce beau garçon te confiera avoir été harcelé toute son enfance et son adolescence à cause de sa « féminité » trop apparente d'abord, puis de son homosexualité revendiquée, c'est-à-dire non cachée, puisque être soi-même quand on est gay est, pour les autres, une revendication politique devant être réprimée *en tant que telle*.

Plus tard, ce beau garçon, tu le demanderas en mariage et il acceptera, car vous serez tombés amoureux. Quand ? Comment ? Tu ne sais pas quand c'est arrivé *pour lui*. Toi non plus, sans doute, mais parfois tu repenses à son beau visage mâle baigné par les lumières crues de l'écran, à son petit coup de menton volontaire, et tu souris doucement.

À côté de nous, dans la salle de ciné, un garçon et sa copine. Celle-ci a l'air de se régaler. Ses yeux sont littéralement captifs de l'écran. Lui souffle, une fois, deux fois, trois fois, change de position quatre fois, cinq fois, six fois, et finalement obtient de sa compagne docile de quitter la salle avant la fin de la séance : il s'ennuie. Elle a l'air de s'amuser, pourtant elle partira à regret.

Le film a été violemment critiqué par les hommes, mais bizarrement adoré dans les milieux féministes et queers.

Qui cela étonne-t-il ?

Tu repenses à cette patiente, Claudie. Étonnante, drôle, merveilleuse Claudie. Avec qui le contact passait bien. Elle organisait des ateliers d'apprentissage en mécanique pour les femmes et seulement pour les femmes.

« On a essayé avec les hommes, mais ils ne pouvaient pas s'empêcher d'expliquer à la prof comment elle devait tenir la pince à écrou », et elle riait.

Claudie s'est – « Dieu merci ! », dit-elle – vite débarrassée du père de sa fille. Elle vit avec une femme depuis vingt ans. C'est la vie qu'elle a choisie. Pour elle. Pour sa fille. Cesser de « relationner » avec les hommes.

Cette vie-là va t'interroger. Beaucoup. Et pour cause : tu as essayé, longtemps, de te réfugier derrière le fameux « *Born this way* ». Tu n'avais « pas choisi » d'être gay, tu étais « né comme ça ».

Il faut, tu le crois, sérieusement interroger ce point, et notamment la part « non choisie » si défendue dans la culture gay, et qui sonne comme une piètre justification : « Ne me frappez pas, je n'ai pas choisi d'être gay. » Ben non : « Ne me frappez pas » tout court, car on ne frappe pas un adulte qui entretient avec d'autres adultes consentants une relation dont ils ont, tous les deux, envie. Point.

La question est moins de savoir si l'on choisit ou non d'être gay que de se demander, comme dans le cas de Claudie : « Et quand bien même l'homosexualité serait mon choix. Qu'est-ce que ça peut leur foutre, aux homophobes ? » Poser la question, c'est élargir le débat, et l'ouvrir à des notions bien plus politiques : ordre sexuel, dissidence, liberté individuelle. Claudie et sa vie, quoi !

Tu te dois d'évoquer cette ligne de fracture entre certains hommes gays et certaines lesbiennes autour de l'épineuse question du « choix de vie ». Quand un journaliste ouvertement gay et se disant « militant » écrit sur Twitter : « Faire de l'orientation sexuelle une ambition politique au détriment de la réalité psychoaffective des personnes, c'est exactement ce qui mène aux thérapies de conversion », il ne s'embarrasse pas de cohérence (ni de décence*).

* Les ambitions politiques des lesbiennes et féministes radicales sont-elles comparables aux ambitions politiques du système hétéronormatif et patriarcal qui les opprime ? Mettre au même niveau un combat d'émancipation et un discours de propagande religieuse et profondément machiste ? Vraiment ? Les conditions des femmes, et des lesbiennes, sont un angle mort pour beaucoup d'hommes gays. Hélas.

Après tout, si Claudie a « choisi » l'homosexualité, les homophobes pourraient estimer qu'il est possible en conséquence de faire « déchoisir » toutes et tous les autres, donc de rendre *straight* (hétérosexuelles) des personnes LGBT+.

Eh bien non : l'homosexualité aurait-elle été choisie, ça ne justifierait pas pour autant l'existence de l'homophobie. Car ne pas vouloir interroger ce choix de vie-là, c'est dépolitiser le sujet et nier les expériences personnelles sensibles de certaines femmes. Claudie existe, que nous le voulions ou non. Débattre en utilisant l'argument du non-choix, c'est permettre aux homophobes de remporter la mise à tous les coups :

– Si on découvre demain que l'homosexualité est innée, phénotypique, ils imagineront pouvoir gommer cette divergence génétique à coups de médicaments ou de diagnostic prénatal. Chercher la cause physiologique (et même physiopathologique, pour ces gens-là), c'est aussi chercher la thérapeutique.

– Si on découvre demain que l'homosexualité est acquise (c'est-à-dire le fruit d'un concours de circonstances sociales, psychologiques, familiales, ce que vous voulez), ils mettront au point, et c'est déjà le cas, des thérapies de conversion pour désorganiser, par l'acquis, ce que l'acquis a organisé.

Ce n'est pas parce que l'homosexualité serait innée que les thérapies de conversion seraient condamnables. Adhérer à cette idée, c'est dire, *grosso modo*, « elles sont condamnables car elles sont antinaturelles ». Non. Elles sont condamnables car… on ne torture pas un individu.

D'après la militante féministe et lesbienne Ankou qui s'exprime sur Twitter, « le lesbianisme politique est le choix éclairé de l'émancipation de la relation hétéropatriarcale, le choix de refuser de relationner avec un homme et de rejeter les mécanismes de domination (physiques, sexuels, domestiques…) qui s'y rapportent ».

Le problème avec le « *Born this way* », voyez-vous, c'est qu'il maintient l'hétérosexualité en position d'étalon, de statu quo. Dire « ce n'est pas un choix », sous-entendu « mon choix », c'est laisser penser que, si l'on avait pu, on aurait choisi l'hétérosexualité plutôt que la dissidence sexuelle. Rien n'est remis en cause avec cette interprétation*.

Alors que dire, lorsqu'on est une femme hétérosexuelle : « Ce n'est pas un choix, mais si je pouvais choisir, je choisirais tout de même l'homosexualité plutôt que l'hétérosexualité, et cela deviendrait mon choix », c'est dissident, dangereux, menaçant pour l'ordre sexuel établi et le patriarcat.

Quand bien même l'homosexualité de ta patiente Claudie serait un choix, où serait le problème ? C'est

* À cela, tu pourrais aussi ajouter cette phrase, terrible de lucidité, écrite par Marguerin Le Louvier dans son ouvrage-archive, *Anthologie Douteuses (2010-2020)*, avec Élodie Petit : « Si l'homosexualité est subie, c'est parce que l'hétérosexualité doit être désirable. »

cette question que posent le lesbianisme politique et Claudie par sa seule existence : celle du contrôle des corps, et plus exactement des libertés individuelles. C'est une question radicale, donc fondamentale. Les réponses sont politiques. Et c'est précisément pour cela que tu te fiches des causes ayant présidé à ton homosexualité, mais que tu te défies des personnes qui les cherchent.

Un jour, tu as reçu au cabinet médical un couple d'homosexuels qui avaient été agressés en pleine nuit, alors qu'ils s'apprêtaient à prendre le métro. Un groupe de garçons les ont frappés, puis les ont forcés à « s'excuser d'être homosexuels ».

Tu te souviens encore de ce patient, en larmes, qui te disait : « J'ai dû dire pardon, pardon d'être qui je suis, et pardon d'avoir un petit copain, et je leur ai promis que plus jamais je ne tiendrais la main d'un garçon dans la mienne. »

Au-delà de la violence des faits, l'histoire de cet homme résonne en toi, car ses agresseurs ont, littéralement, pris en otage sa liberté individuelle pour en dicter les conditions d'expression et d'exercice. C'était un pur moment d'expression totalitaire et fascisante.

Rien n'est plus extime que l'intime, et rien n'est plus l'objet d'enjeux politiques que le droit toujours remis en question de disposer librement de son corps. Quand, en juin 2022, les juges conservateurs de la Cour suprême des États-Unis prennent la décision d'annuler l'arrêt historique « Roe versus Wade », qui garantissait le droit fédéral à l'avortement, ils promettent de ne pas s'arrêter là : suivront le mariage pour tous, puis l'intrusion dans la chambre à coucher avec pour projet de loi l'interdiction ubuesque de la sodomie (c'est en cours au Texas).

L'homophobie est un barreau de l'échelle qui mène au totalitarisme.

Ce dernier a souvent l'ambition de faire le bonheur des autres malgré eux, en érigeant un modèle majoritaire qu'il pense bon pour le plus grand nombre. Mais les queers ne sont pas « le plus grand nombre ». En pensant à lui avant de penser aux autres (c'est-à-dire à ce que la société attendrait de lui en raison de son genre), le queer est dissident, et c'est cette « attention à soi » primordiale qui l'inscrit de fait comme figure antifasciste majeure. Car la némésis de toute dictature est et restera toujours la soif de liberté individuelle. Cette envie si sotte et irrépressible, si chevillée au corps, de vouloir « mener sa vie comme on l'entend ». En dictature, quand le désir va à l'encontre de la *doxa* sexuelle établie, il devient le germe même de toutes les révoltes. Que 7 % d'un peuple naisse avec le besoin impérieux de vivre sa singularité en aimant envers et contre tout, quel cauchemar pour le tyran ! C'est parce que toi et tes adelphes ne sacrifiez rien de vos désirs, rien de vos amours, qu'à « plier le genou et souffrir » vous avez préféré « résister et jouir », que vous entrez en dissidence. À vos corps défendants, parfois, mais par le désir, la sexualité, et pour les plus chanceux par l'amour. En refusant de « jouer le jeu » de l'hétérosexualité, le queer est intrinsèquement l'ennemi de tous les totalitarismes. Certains écussons en forme de triangles roses peuvent en témoigner.

Les personnes hétérosexuelles ne devraient pas seulement se battre « avec vous et pour vous ». Elles doivent se battre « avec vous, pour vous et pour elles ». Car une fois que les partisans de l'homophobie se seront attaqués à vos libertés, ils viendront pour les leurs.

« Je suis né·e comme ça. » Comment ? Gay ? Lesbienne ? Hétéro ? Non, libre.

Finalement, l'erreur avec l'homophobie, ce n'est pas de se poser la question « mais en quoi suis-je donc concerné ? », mais bien plutôt « quand serai-je concerné ? ».

« Tu veux te marier avec moi ? », lui demandes-tu en poussant vers lui un anneau en or blanc. Il a fouillé dans son sac sans te répondre, il a sorti mille et une choses de son barda, a trouvé un petit écrin. Dedans, un anneau.

« Voilà six mois que je me balade avec ça en ayant peur que tu refuses. Alors oui, mille fois oui ! »

Quand vous rentrez, main dans la main, heureux, amoureux, en rêvant de la famille que vous allez fonder et de votre vie que vous finirez ensemble, vous croisez un type sur le trottoir qui, en vous voyant, rit et met son index dans sa bouche pour mimer un réflexe vomitif.

C'était votre demande en mariage. Tant pis.

Quand tu es homo, lesbienne, bi, trans, l'expérience de la minorité est toujours avec toi. Il suffit d'un « pédé ! » lâché dans la rue quand tu as 36 ans pour qu'instantanément tu sois connecté avec tous ces autres toi :

– l'enfant en pyjama devant la télévision...

– l'adulte qui ne peut devenir père sans soulever des montagnes...

– le vieillard fragile que tu seras et qu'un aide-soignant arrogant séparera de l'homme qu'il aime parce que c'est dégoûtant, deux vieux qui dorment dans les mêmes draps, les mêmes bras...

L'expérience de la minorité sait plier les formes du temps. Vous êtes des poupées russes de blessures. Un jour, quelqu'un t'a posé la question : « Mais comment tu fais pour être médecin, écrivain, poète, chroniqueur radio ? »

La réponse ? Un simple « pédé ! » lâché dans la rue, et tous ces toi sont connectés. « Pédé » n'est pas la somme de tes identités, mais il les relie toutes. Il est le stigmate qui ne te quitte jamais, et qui nourrit toutes tes sensibilités. Il est dans un sens très profond et quasi métaphysique le puits de mille fragilités où se nourrissent le romancier en quête de mots, le soignant en quête d'empathie, le poète en quête d'inspiration et un homme simple qui aspire à un bonheur simple. Toutes les histoires naissent d'une fêlure, la tienne est cette marque rouge.

Au moment où tu auras dit *oui* à ton amoureux, à cet instant-là, tu seras pris d'un grand vertige, et d'une immense crainte.

Tu te revois plusieurs années en arrière, tu vas

passer le concours de l'internat, tu n'es pas encore très à l'aise avec ton orientation sexuelle, et tu n'en parles à personne. Un soir de garde au SAMU, on appelle ton équipe pour une douleur thoracique. Vous foncez vers le véhicule, tu fais équipe avec un vieux médecin aux idées rances et à l'haleine fétide, qui passe plus de temps à crâner en exhibant la supériorité de ses connaissances qu'à te les transmettre. Mais soit. C'est le chef et, dans quelques jours, il signera ta validation de stage, alors tu ronges ton frein en mangeant ton chapeau.

Le véhicule du SMUR se gare en bas d'un vieil immeuble, tu entres dans un appartement, propret mais vieillot, qui sent le savon de Marseille. Deux vieilles dames attendent l'arrivée des médecins. L'une, debout, tapote la main exsangue de l'autre. La première porte un chemisier rouge, la deuxième, allongée sur son lit, une robe de chambre. Elles ont toutes les deux de longues nattes blanches.

Prise des constantes, ECG, décision d'évacuation en urgence vers une unité de cardiologie interventionnelle. Devant l'ambulance, la vieille dame en chemisier a désigné celle en robe de chambre :

« Je voudrais l'accompagner. »

Le chef à l'haleine fétide lance un :

« Vous êtes qui ? » sec et autoritaire.

La vieille dame hésite. Peut-être pense-t-elle que les temps ont changé ? Donc elle répond :

« Je suis sa compagne depuis trente-sept ans. »

Sur le brancard, sa compagne est en train de

mourir : sous une tresse longue comme la vie, ses veines sont très bleues, sa peau très blanche.

Le chef :

« Ce n'est pas possible. On ne prend que la famille, appelez un taxi et retrouvez-nous à l'hôpital. »

Il claque la porte. Dans l'ambulance, le chef s'esclaffe :

« Supporte pas les vieilles gouines, moi ! »

Avec le recul, une part de toi a occulté l'information fondamentale suivante : la patiente sur le brancard était-elle en état d'entendre ? Les derniers mots à avoir résonné à ses oreilles ont-ils été « vieilles gouines » ?

Tu espères qu'elle n'est pas partie comme ça. Non, vraiment, il ne le faudrait pas. Parce qu'elles ont dû en baver, les deux « vieilles gouines », avec leurs rides, leurs douleurs aux genoux et leurs souvenirs communs qui s'embrouillent. Elles ont dû en partager des combats, en essuyer des crachats et ployer sous le poids des quolibets.

Oui, vraiment, tu espères qu'elle n'est pas partie comme ça.

Chaque fois que tu entendras des critiques concernant l'existence de maisons de retraite LGBT friendly, tu te souviendras de cette histoire, de ta lâcheté, de la façon dont tu t'es tu pour ne pas qu'on connaisse ton secret, tu aussi peut-être à cause d'une foutue validation de stage. Comment vieillir homosexuel dans une société hétérosexuelle ? Comment feras-tu quand tu seras trop vieux, trop diminué, trop fragile, pour qu'on te respecte encore, toi, ton amour, ton histoire ? La question du « vieillir gay » te terrifie. Tu repenses à ces deux femmes. Tu te demandes pourquoi tu n'as rien dit. Pourquoi tu n'as pas hurlé, cassé le nez de ce connard, ouvert les portes de l'ambulance en marche pour le jeter sous les roues d'un 36 tonnes, pourquoi tu as joué au sourd, pourquoi tu as mordu l'intérieur de tes joues.

Tu as honte, tu auras honte, et cette histoire te poursuivra toute ta vie, comme le regard de ces vieilles et le blanc de leurs nattes*.

Parfois tu as des questions assez naïves. Par exemple : pourquoi nous font-ils tout cela ? Quel crime avons-nous commis contre eux ?

Puis tu te souviens que tu es seulement né homosexuel de parents hétérosexuels dans une société hétéronormée.

Cela n'est rien, mais cela leur suffit. Pour cela, ils vous pendent dans certaines régions du globe, vous empêchent de vous marier, ils vous injurient ou vous cassent la gueule dans la rue.

Tu en tires une conclusion d'une naïveté confondante : cela n'est pas juste.

* Peut-être même auront-elles été à l'origine de tes engagements, dans une volonté toujours renouvelée de racheter ta faute ce jour-là. Après tout, elles auront bâti la société qui te respectera, contrairement à celle dans laquelle se sont aimées puis ont vieilli ces deux femmes.

Oui, certes. Et après ?

Bien des mois plus tard, il y aura un effet de ta demande en mariage dont tu tenteras d'analyser les causes, et qui te remplira d'une joie assez enfantine.

Depuis que tu emploies régulièrement les mots « mon mari » pour désigner ton compagnon, tu te délectes secrètement de la réaction qu'ils engendrent. Tu écris volontairement « la », car c'est quasiment toujours la même.

Chez le boulanger, le pharmacien, avec tes patients qui, au cabinet médical, se sont aventurés à te demander « ce que vous allez faire ce week-end avec votre femme, docteur », tu observes l'effet de cette réponse : « Je vais à [insérer n'importe quel lieu] avec mon mari. »

Il faudrait le talent d'un artiste pour vous peindre en cet instant minuscule, de l'ordre de la milliseconde. Que se passe-t-il sur le visage des hommes à qui tu balances ces mots-là ? Car tu n'obtiens jamais la même réaction avec les femmes. L'équivalent en bande dessinée d'une succession d'onomatopées, entre exclamation et beigne : « Wow ? Ping ! », puis « Chuttttt ».

Que se passe-t-il avec ces mots, « mon mari » ? Quel effet performatif opèrent-ils dans leurs têtes ?

« Mon mari. » Quand tu en uses, ce que disent ces mots de votre statut, ce n'est pas toi qui l'as décidé, c'est l'État français, la République française. Depuis la loi Taubira. C'est *légal*. Alors que se passe-t-il durant ce petit moment de vertige intérieur ?

« Leur amour est reconnu par les institutions de la République. Je suis obligé de l'accepter, de me soumettre à la loi qui a permis à ce mot de recouvrir une nouvelle réalité, que cela me plaise ou non. »

Ces mots obligent.

Car, et c'est bien ça le problème, c'est devenu la loi. Peigner le museau de la sacro-sainte hégémonie hétéronormative, quel bonheur ! Voir cette hégémonie contestée par l'usage de ces simples mots, voilà qui te régale.

Preuve s'il en est que ces deux choses, la masculinité comme l'hétérosexualité, ont besoin de se prouver au monde et donc pourraient ne *plus* aller de soi.

« Mon mari. »

Voilà qu'avec ces deux mots naissent cette pesanteur soudaine entre nous, cette surprenante « intranquillité » à l'idée d'avoir en face de soi un dissident à l'ordre sexuel, un évadé du moule dans lequel on a été baigné, mais aussi par lequel on a été moralement* formaté.

Cette petite gifle mentale te soulage de bien des maux. Elle te guérit de tous les « pédés » des cours de récréation, les « tafioles » et autres « tapettes ». C'est inimaginable le pouvoir de l'injure sur une psyché d'adolescent.

C'est inimaginable le pouvoir de ce « mon mari ». « Mon mari » transporte avec lui cinquante ans de

* Au sens non seulement psychologique, mais également judéo-chrétien du terme.

lutte pour les droits civiques des personnes LGBT, quarante ans de morts du sida, des milliers d'années d'ostracisme et de stigmatisation.

Essayez, vous verrez.

Ajoutons à cela qu'il est possible, chose incroyable, que les hétérosexuels soient parfois assez peu confrontés à l'altérité. Tu connais certains hétéros persuadés en toute bonne foi de l'absence de personnes LGBT dans leur entourage. Ils ne veulent pas voir, ils n'en voient donc jamais. Et quand quelqu'un, un client, leur médecin traitant, un type lambda, apparaît dans leur vie avec ces mots, « mon mari », c'est tout un pan du monde qui leur est révélé.

Tu te souviens d'une lectrice qui, lors d'une dédicace, t'avait demandé : « Pourquoi y a-t-il toujours une personne gay ou lesbienne dans vos romans ? »

Tu lui avais répondu en riant :

« Parce que les personnes gays et lesbiennes existent, madame. »

Ces mots, « mon mari », sont une arme de visibilité massive. Ils ne peuvent plus dire qu'ils ne savent pas, ils ne peuvent plus dire que nos amours sont moins légitimes que les leurs. La raison, peut-être aussi, pour laquelle les détracteurs du mariage pour tous furent si virulents : l'idée, terrifiante pour ceux qui n'ont d'autre titre de gloire que d'être nés hétéros, qu'avec ces seuls mots, « mon mari », eh bien, non seulement l'hétérosexualité n'aille plus de soi, mais aussi qu'elle ne soit plus *une valeur en soi.*

Des études[48] sont publiées les unes après les autres qui démontrent que les préjugés homophobes et le taux de suicide des personnes LGBT+ ont diminué dans les pays où le mariage pour tous a été autorisé.

Le poids des mots dans la fabrique des consciences est considérable.

À la pharmacie un matin, un enfant de 7-8 ans, aux longs cheveux blonds. Ses deux mamans l'accompagnent.

« Tu as des cheveux splendides, petite ! », dit la pharmacienne.

L'enfant sourit, remercie l'adulte et la corrige :

« Ah, mais moi, je suis un petit garçon ! »

Et la pharmacienne prend un air affolé :

« Oh, excuse-moi ! Je suis désoléééééééée !

– Ce n'est pas grave, madame, ce n'est pas une insulte d'être pris pour une fille », répond le garçon.

Voilà.

Ce gosse est déjà plus libre que des milliers de générations d'hommes qui l'ont précédé.

Tu ne sais pas ce qu'il deviendra, mais le savoir sur Terre te réjouit.

Il est permis d'espérer.

Ah, vous aviez des difficultés à devenir parents et vous avez dû avoir recours à une FIV ? Ça ne me gêne pas, je suis très ouvert sur ces questions. Mais dites-moi : c'est votre mari qui a donné son sperme ou c'est celui d'un autre homme ? Je veux dire : qui est le père ?

Tu dois parler de Lina. Tu ne te souviens plus exactement comment toute cette histoire a commencé.

À l'époque, la France vient d'être confinée à cause de ce virus mortel, et toute la société est arrêtée. Étant médecin, tu as alors la responsabilité d'un centre Covid-19, et tu accueilles, avec tes consœurs et confrères, patient après patient, toute la détresse et l'anxiété d'une société rendue à l'état de nature : tu entends par là celui qui décolle le vernis de la civilisation et dévoile la vraie disposition des êtres. Tous ces gens apeurés, effrayés, en larmes, scotchés à leur poste de télévision, et qu'aucun mot n'arrivait à apaiser, ne se sont jamais autant dévoilés qu'en portant des masques de protection.

Bref, tu t'égares un peu, mais par ces quelques mots peut-être saisira-t-on l'état de grande agitation dans lequel les circonstances avaient jeté le monde à ce moment-là.

Aussi, lorsqu'un soir, éreinté, tu décroches le téléphone et papotes deux minutes avec A. et S., des copines lesbiennes vivant en couple, pour apprendre que leur rêve est sur le point de se briser pour des raisons financières et de fermeture des frontières, tu as mal pour elles. C'est, dans une époque injuste, ajouter du malheur au monde, et cela, tu ne l'acceptes pas.

Des gens meurent, il faut que le rêve de ces futures mères vive.

Tu dis que tu vas les aider.

« Tu es sûr ? »

Bien entendu, vous en discutez longuement, mais ta décision est prise, et plus tu y réfléchis, plus elle te semble absolument logique.

Vous attendez quelques jours et, quand le petit dieu des Ovulations se manifeste, elles t'appellent : « Si tu es toujours d'accord, c'est aujourd'hui. »

Tu termines tes consultations à 19 heures, puis tu sautes sur ta bicyclette et traverses cette ville déserte, dans une ambiance de mort, de fin du monde ou de peste, tu ne sais pas trop. Tu te sens très seul. Toute l'humanité non soignante est confinée, cloîtrée chez elle : c'est, paradoxalement et très égoïstement, un moment de grande exaltation. Tu as tes écouteurs sur les oreilles, tu ne pédales pas, tu voles, tu as la ville pour toi. Heureusement que tu es médecin et que tu peux circuler librement. Tu aurais peut-être dû, sinon, remplir une attestation de déplacement avec pour motif impérieux : « Dois aller rapidement se masturber chez des copines car c'est jour d'ovulation ».

À 19 h 30, tu arrives chez elles, elles sont si heureuses, c'est un baume au cœur, un peu de lumière dans ce cloaque crasseux qu'est devenu le monde.

Elles te donnent un petit pot stérile et vont dans le jardin pendant que tu gagnes les toilettes.

Les détails pourraient choquer, mais tu n'as jamais compris tout ce tabou autour de la masturbation, si ce n'est, peut-être, qu'elle reste l'un des rares plaisirs gratuits ici-bas, et que comme tout ce qui est de cette eau-là, il convient de le criminaliser d'une façon ou d'une autre. La vie est courte, et les occasions de se masturber trop rares. Nous devrions, en général, jouir plus.

Tu penses à un beau garçon poilu, tu penses à la vie, à tout ce qui arrivera après, à l'existence qui sera celle de cet enfant, et combien il (ou elle !) aura une chance folle de naître entouré de ces deux femmes formidables. Tu ne sais pas trop si c'est important, mais tu prends un plaisir fou ce jour-là. C'est l'une des meilleures masturbations de ta vie et tu penses que les circonstances morbides qui vous cernent n'y sont pas étrangères.

Tu as pris soin de t'hydrater beaucoup et de ne plus fumer trois jours durant (tu as toujours eu le souci du détail). Quand tu finis, tu cours au jardin : « Le pot est sur l'évier, les filles ! » Elles sont si heureuses, vite, vite, elles se dépêchent de rentrer, et tu te dépêches de partir, la suite leur appartient, et ta contribution s'arrête là.

Tout s'est passé avec une facilité déconcertante.

Sans doute encore ces détails choqueraient-ils certaines personnes, ils sont néanmoins la réalité de ce que vivent tant de couples ici en France, et c'est pour cela que tu t'interdis de les taire. On appelle cela une « insémination sauvage » et elle est criminalisée (qui peut sérieusement penser que ce que tu viens de décrire mérite deux ans de prison et 30 000 euros d'amende ?). Pourtant, il n'y a rien eu de sauvage là-dedans, tu le promets. De la douceur, oui, de l'autodétermination aussi.

En remontant sur ton vélo, vers 19 h 58, tu te demandes : *Est-ce que le monde est différent, maintenant ?* Non, il ne l'est pas. Pourtant, tu as la conviction chevillée au corps d'avoir accompli l'un des actes les plus beaux et naturels de ta vie d'homme.

Seulement, vraiment, s'il y a une chose à laquelle tu ne t'attendais pas, c'est bien celle-ci : d'un seul coup, tous en même temps, les gens se mettent à la fenêtre et applaudissent à tout rompre. Toute la ville s'y met : et que ça claque dans les mains, et que ça tape sur des batteries de cuisine. Une mamie en peignoir rose et bigoudis bleus fouette un cul de casserole à coups de louche, elle te sourit merveilleusement, « félicitations », semblait me dire ce sourire.

Des applaudissements pour les soignants, certes, mais tu préfères ta version de l'histoire, où tu lèves les mains et – rempli de fausse modestie – prends un air candide : « Mais non, mais non, c'est rien du tout, je vous assure... Je fais ça tout le temps... Arrêtez, vous allez me faire rougir... » Tu ne sais pas pédaler sans les mains (enfin si, dans l'absolu tu sais, mais ça finirait sans les dents), mais si tu savais sans mettre en danger ta mâchoire, tu lèverais les mains, tel Usain Bolt après un 100 mètres.

Tu laisseras au lecteur la licence poétique de choisir lequel des gestes – toi t'étant masturbé ou tes copines convoquant leur futur enfant en ce monde – ces gens plébiscitent.

Dans tous les cas, une petite fille merveilleuse est née neuf mois plus tard. Elle s'appelle Lina.

Tu es un homme, et tu ne veux voler la parole et le combat de personne. Cependant, en tant qu'homme gay médiatisé, tu sais ô combien ton sort est lié à celui de tes sœurs lesbiennes. Voilà pourquoi tu décides de prendre la parole aujourd'hui et d'utiliser ta notoriété pour dénoncer l'hypocrisie qui entoure encore les réticences autour de la PMA.

À l'hôpital, l'humanité naît, vit et meurt. Y coexistent des services comme la cancérologie, la maternité, la gériatrie ou l'aide médicale à la procréation. Tu es soudain frappé par une évidence : jusqu'à la promulgation de la loi de bioéthique d'août 2021, ce dernier service n'était ouvert qu'aux couples hétérosexuels. En France, les services hospitaliers accueillaient / soignaient tout le monde, sauf les services d'aide médicale à la procréation qui, eux, étaient interdits aux couples de femmes.

Et il faut, pour les lesbiennes, supporter année après année les reculades législatives, assujettir leur envie d'être mères aux calculs politiques de vieux hommes hétérosexuels. Promise sous Hollande. Promise sous Macron. Il aura fallu des années avant que la loi soit promulguée.

On pourrait te dire : pourquoi parler de cela ? La loi est passée, ce qui est fait est fait. Eh bien non. Tu veux parler d'elles, de toutes ces femmes qui ont vu leurs rêves de parentalité s'envoler.

Tu as vraiment essayé d'analyser avec bienveillance les crispations autour de la PMA et tu as bien senti qu'il y a encore, chez beaucoup, le fantasme d'un caprice égoïste : « Qu'elles assument leur choix de constituer des couples infertiles. »

Rendez-vous compte : quarante ans que la PMA avec don anonyme existe. Quarante ans ! Amandine, le premier bébé français né par fécondation *in vitro*, une procréation médicalement assistée (PMA), a vu le jour le 24 février 1982.

Où étaient alors, durant toutes ces années, Gérard Collomb et ses craintes de nous voir « tous cousins » ? A-t-on surpris La Manif Pour Tous dénoncer *ad nauseam* le « droit à l'enfant » ? Dans quel trou obscur et reculé du globe se terraient-ils, attendant que le mot « lesbienne » soit prononcé pour s'émouvoir ? Où étaient Christine Boutin et toute sa clique, ceux qui revendiquent le droit de l'enfant à connaître l'identité de son géniteur, où étaient-ils quand les Centres d'étude et de conservation des œufs et du sperme humains (CECOS) palliaient l'infertilité masculine des couples hétérosexuels en substituant le gamète de monsieur à celui d'un inconnu* ? Où étaient-elles, leurs manifestations, où étaient-ils, leurs drapeaux bleu et rose, leurs hashtags #pmasanspere et toutes ces fariboles ?

En France, faut-il l'expliquer, si le don était jusqu'à présent anonyme, c'était d'abord pour ménager la susceptibilité des pères stériles et faciliter le mensonge intrafamilial. Un fait qu'ils ignorent tous, tu en es certain : depuis quarante ans, les hôpitaux apparient pour les hétéros les donneurs de gamètes et les pères d'intention en fonction de la couleur des yeux / peau / cheveux / groupe sanguin. Mais ces gens-là viennent aujourd'hui reprocher aux lesbiennes de mentir aux enfants et aux gays de « commander des enfants sur catalogue** ».

Mais plus grand monde n'est dupe de leur hypocrisie hétéronormative. Ceux qui étaient contre le

* Un donneur de sperme n'est pas un père. Et arrêtons de confondre absence de référent paternel choisie et absence de référent paternel imposée. Ça change tout, mais vous, les homophobes, confondez tout.

** Faut-il être un âne bâté pour croire qu'un géniteur fait un père, et un père un géniteur. Si les enfants souffrent, ce sont des passions tristes des adultes.

Pacs*, puis contre le mariage pour tous, puis contre la PMA, étaient aussi contre la dépénalisation de vos amours. Et ils se trouvent mille et un motifs de l'être, se défendant de toute homophobie. Évidemment.

Il faut comprendre d'où l'on vient. Le chemin parcouru. Toute une tripotée d'éditorialistes de plateaux, persuadés d'avoir un avis légitime sur tout, et en premier lieu sur des sujets qui ne les concernent pas, disaient à l'époque : « Oui, mais les femmes lesbiennes ne sont pas stériles. » Sous-entendu : si elles veulent un enfant, elles n'ont qu'à avoir un rapport sexuel avec un homme.

Toi, là, tu te retenais pour ne pas te jeter sur ta télévision et réduire leur insupportable suffisance au silence. Hormis le fait que penser cela revient à nier une orientation sexuelle, c'est surtout fallacieux. Dans 60 % des PMA hétéros, l'infertilité ne concerne qu'un seul des membres du couple (souvent, même, aucune cause n'est trouvée : madame ne présente aucune condition pathologique expliquant son infertilité, monsieur non plus, mais les deux

* Qui se souvient, en 1999, quand le Pacs a été adopté, de ces psychanalystes qui se bousculaient pour expliquer que les enfants élevés par des familles homoparentales développeraient un mutisme, et qu'on se retrouverait avec une génération d'enfants ne sachant pas parler ? Peut-être pas vous, mais Ludovine de La Rochère, présidente de La Manif Pour Tous qui crache dans son micro le 21 septembre 2019 : « Les conséquences et implications de la #pmasanspere sont vertigineuses : démolition de la filiation, filiation puzzle, détournement de la médecine, marchandisation humaine, etc. ! »

ensemble ne peuvent pas avoir d'enfants). Personne ne leur dit : « Mais enfin, monsieur ! Pourquoi l'État paierait-il votre PMA si madame est fertile ? Elle n'a qu'à coucher avec le voisin ou se faire inséminer en Espagne ! » Personne ne leur dit ça parce que c'est horrible. Pourtant, on l'entend encore et on le lit encore sur les réseaux concernant les couples de femmes.

Combien de pères cachent-ils à leurs petits la vérité sur leur filiation biologique ? Une étude anglaise montre qu'environ un couple hétéro sur dix ayant eu recours à un tiers donneur le dit un jour à l'enfant. Un sur dix. Cela signifie que neuf couples hétéros sur dix ne disent pas la vérité à leur enfant. De même en France : « Plus de 70 000 PMA, nées de dons, ont été réalisées en France depuis le début des années 1980. On estime que seulement 10 % des enfants qui en sont issus savent qu'ils ont été conçus de cette manière[49]. »

Ici, il n'est pas question de juger ces couples. Ici, tu juges ceux qui défilaient dans les rues en scandant : « On ne ment pas aux enfants ! » Soit ils ne connaissaient rien au sujet (et feraient donc mieux de suspendre leur jugement), soit ils connaissaient les statistiques ci-dessus et sont de fieffés tartuffes : ce qui les animait n'est pas l'intérêt de l'enfant, mais la haine des lesbiennes.

Se réveiller avec « l'intérêt de l'enfant » comme mantra alors qu'on ne voit jamais ces gens dans

AUCUNE association de protection pour mineurs, c'est hypocrite. Mais ne font-ils pas de même lorsqu'ils deviennent subitement plus féministes que Valerie Solanas pour peu que l'agresseur soit musulman et / ou noir et / ou d'origine étrangère ?

Quand arrêteront-ils donc de placer les lesbiennes en dehors du champ de l'humanité ? Arrêtez de les biologiser, de soupeser leurs vies, de jauger la viabilité de leurs espoirs, de leur habilité à éduquer, de leurs dispositions à être, ou pas, de bons parents.

Au passage, qui questionne les dispositions des parents hétéros à être de bons parents ? Quand tu t'occupes d'une gamine battue et violée par son père, qui évoque cela ? Quand tu reçois un gamin aux Urgences qui a joué avec le fusil de papa et auquel il faut retirer deux mètres d'intestin à cause d'une balle perdue, qui se soucie de l'hétérosexualité de ses parents ?

Tu parles de cette partie de notre histoire car tu aimerais que les gens entendent l'actualité des interdits qui nous frappent. Et aussi parce que aucun droit social n'est jamais acquis : en rappelant la bigoterie sournoise de toute une classe politique, tu adresses un avertissement aux générations futures. Ils ont menti, ils mentent et ils mentiront.

Comment peut-on se cacher derrière des problèmes éthiques ? Des spécialistes ont mis quatre ans avant de statuer favorablement ! Ils ont compulsé toutes les études disponibles et conclu à l'absence d'impact négatif de l'homoparentalité sur le développement psychoaffectif des enfants. L'impact serait même positif : à niveau socioculturel identique, les enfants de couples homoparentaux seraient plus heureux et mieux intégrés socialement[50]. Une étude américaine, la plus longue jamais menée (trente-deux ans !), conclut à l'absence de différences entre les enfants de couples lesbiens et ceux de couples hétéros. À vrai dire, ne ris pas, les enfants de familles homos seraient même en meilleure santé psychique[51].

Oh là là, c'est vraiment incroyable, tu n'aurais jamais pu imaginer que des couples qui doivent se battre pour accéder à la parentalité délivrent à leurs enfants une éducation bienveillante dans un climat propice à l'amour et à la cohésion familiale... Comme c'est surprenant !

Le 30 septembre 2021, soit bien après la naissance de Lina, une loi encore très imparfaite a enfin permis aux femmes comme ses mamans de devenir parents, mais elle a une fois de plus laissé de côté tant d'entre vous (lorsque la loi passera elle exclura, *de facto*, les personnes transgenres assignées filles à la naissance)*. Tu ne peux malheureusement

* Les gens qui disent « non mais c'est la loi, faut la respecter », comme si les lois étaient une donnée immanente descendue du ciel et non une construction sociale décidée PAR des privilégiés POUR des privilégiés. Seules 9 stations de métro parisiennes sur les 303 que compte le réseau sont accessibles aux personnes en situation de handicap. Vous pensez vraiment que si une personne en fauteuil

pas t'empêcher d'y voir la concession d'un groupe sociologique dominant à un autre, sociologiquement dominé.

Du temps. Ils ont besoin de temps, disaient-ils. (Il suffira pourtant d'une demi-journée au gouvernement pour signer deux ou trois ordonnances réformant tout le code du travail.)

Tu lis le compte rendu du Comité consultatif national d'éthique. Et c'est incroyable. Malgré 1460 jours de débat et une conclusion nette, on a encore demandé leur avis aux lesbophobes de tout genre dans les médias.

La société est pourtant loin d'avoir attendu la PMA pour voir des femmes élever des enfants « sans père » parce que celui-ci a fui ses responsabilités et disparu. Tu le sais : pas un jour sans accueillir une mère célibataire au cabinet médical. Et même les femmes mariées : la plupart des mères que tu accompagnes gèrent tout, toutes seules et tout le temps. Mais évoque seulement la PMA pour toutes sur Internet ou dans la vraie vie et tu verras des troupeaux d'hommes défendre leur droit à investir une

---

roulant était président de la République il n'y aurait qu'une seule ligne disponible ? Les lois sont des produits sociologiques. Des sécrétions sociologiques. Elles portent en elles les mêmes rapports de domination homme / femme, valide / non-valide, hétéro / LGBT que le reste de la société. Tu as vécu des années avec des filles. À cette époque, tu n'avais aucune idée de ce qu'était le féminisme ou l'homophobie. Le jour où tu as tenu la main d'un garçon dans la rue et que tu t'es fait cracher dessus, tu as commencé à comprendre : vos perceptions du monde sont limitées.

paternité qu'ils délèguent dans la vraie vie. Personne n'est dupe.

Ce qui défrise ces gens, c'est que deux femmes fassent sciemment le choix de se passer d'un homme dans leur vie intime. Ce qui les défrise, c'est l'idée que deux femmes puissent s'aimer d'un amour aussi pur, aussi fort, aussi invincible – ce genre d'amour qui donne envie de fonder une famille –, sans faire entrer un homme dans l'équation.

Dix ans d'études de médecine. Dix ans à se faire seriner matin et soir, à juste titre et pour la juste cause, la nécessité de fonder ton raisonnement médical sur des preuves scientifiques.

Dix ans à se faire seriner, matin et soir, à juste titre et pour la juste cause, la nécessité de savoir être critique vis-à-vis des études cliniques, de savoir traquer les biais cognitifs ou de raisonnements qui peuvent empoisonner un résultat, dix ans à s'adonner à ce qu'on appelle la « lecture critique d'articles ».

Dix ans de garde-fous nécessaires, tout cela pour que, finalement, cet organisme réactionnaire qu'est l'Académie nationale de médecine estime, sans aucune qualification, que « la conception délibérée d'un enfant privé de père » n'est « pas sans risques » pour son « développement psychologique », dans un avis officiel sur l'ouverture de la PMA aux couples de lesbiennes et aux femmes célibataires[52].

Tu vois cet oncle aux repas de famille ? Hétéro, aisé, grosse montre au poignet et qui, car il a un poste reconnu socialement, se pense légitime à tout savoir sur les nanas / les mecs / la politique / l'Éducation nationale / le BTP / la manière d'élever tes enfants, etc., eh bien, cet oncle, c'est l'Académie de médecine.

Bref, le doctorat de médecine n'est pas un doctorat de psychologie du développement, et l'Académie de médecine n'est en aucun cas compétente pour tirer de telles conclusions. Et pour cause : cela ne relève ni de son domaine de connaissance, ni de son champ de compétences.

Pourquoi former l'étudiant en médecine que tu étais à la difficile tâche de penser contre soi-même pour finalement pondre un avis pareil...

Qui sont ces gens qui dispensent aux autres des leçons qu'ils sont incapables de s'appliquer ?

Un jour viendra où les familles comme celle de A. et S., TES COPINES LESBIENNES seront reconnues À PART ENTIÈRE dans votre humanité commune. Où personne ne contestera la légitimité de leur parentalité. Ce jour sera une fête, de celles qui font date dans l'histoire du genre humain, celles d'un droit civique nouvellement acquis, et donc un grand pas pour l'humanité vers cet immense dessein dont tu veux l'imaginer capable un jour.

Ce jour sera celui où la société leur dira :

« Pardonnez-nous, nous comprenons, nous vous présentons nos excuses, et permettez-nous de vous accueillir enfin. Entrez ! »

Quant à la question du père, c'est une fausse question, évacuons-la : modifier anthropologiquement la filiation, ce n'est pas abolir la parenté, mais c'est bien au contraire ajouter encore davantage de filiation, mais différente et plurielle. Les transformations sociétales sont le phénomène humain par excellence.

Faut-il être un âne bâté pour croire qu'un géniteur fait un père ! D'ailleurs les parents adoptifs le savent bien.

Tu ne seras pas là pour sécher les larmes de Lina quand elle tombera de vélo.

Tu ne seras pas là pour te lever la nuit et chasser ses cauchemars.

Tu ne seras pas là pour la rentrée des classes.

Tu ne seras d'aucun sacrifice, d'aucune concession, d'aucun effort.

Est-ce à dire que le sort de Lina t'indiffère ? Bien sûr que non, mais être père ce n'est pas cela.

Votre histoire se limite à celle que tu viens de raconter, et au récit qu'elle décidera de lui donner plus tard selon ses termes.

Parfois, tu te demandes ce qui t'a pris d'accepter d'aider les mères de Lina dans cet immense projet qui est le leur (et qui ne t'appartient en aucune façon).

Car enfin… qui voudrait naître dans un monde pareil ? Les êtres se font tellement de mal, et en si peu de temps. Qu'est-ce qu'une existence humaine rapportée à l'échelle des temps cosmiques ? À peine l'étincelle d'une pierre à briquet. Pourtant, dans ce laps de temps, les humains ne trouvent-ils pas moyen de se haïr, se détester, se blesser, s'écharper de mille et une manières ? Ici on tue, on frappe, on triche, on ment.

Sans doute tes raisons sont-elles très égoïstes. Parfois tu t'imagines très âgé, entouré d'adolescentes et d'adolescents, tes petits-enfants, et si l'envie leur prenait de te demander quel est ton meilleur et plus étrange souvenir de cette période de pandémie de Covid-19, tu aimerais alors partir d'un grand rire frais et répondre : « Moi ? C'est quand j'ai donné mon sperme à des copines lesbiennes pour qu'elles deviennent mamans ! »

C'est que, au-delà d'une forme de réciprocité logique et cosmologique à laquelle ton âme poétique adhère sensiblement (puisque, à l'époque, tu aspirais à devenir père un jour), tu veux que personne n'oublie : ce don (peut-on seulement appeler ça ainsi), tu le leur as offert car la médecine française continuait alors de discriminer les couples de femmes lesbiennes.

Combien de femmes ont vu leur projet s'envoler à cause des atermoiements gouvernementaux soumis aux aboiements des extrêmes droites et des religieux ?

A. et S. viennent d'un monde, tu viens d'un monde, où toutes les amours ne se valent pas, un monde où des hommes (essentiellement) décidaient qui avait le droit de fonder une famille et qui n'en avait pas le droit.

Le progrès technique n'est pour rien dans le désir d'enfant.

Ce n'est pas parce que la procréation médicalement assistée existe que ces deux femmes ont convoqué cet enfant dans le palais somptueux de leurs pensées les plus aimantes.

Ces femmes, comme beaucoup d'autres homosexuelles, ont toujours voulu des petits, mais la société leur déniait même ce désir-là.

Contester à un humain son désir d'être père ou mère, c'est ne pas reconnaître « l'Autre qui vous ressemble » en lui.

Nier ce sentiment, le jauger sur les plateaux télé entre hétérosexuels, en ricaner, défiler même dans la rue, c'était une injure lancée au visage de ces femmes et de toutes celles qui leur ressemblent, et pire encore, à l'être humain qui existe en elles.

Tu as offert ce que tu as offert, car ces gens-là commettaient ce qu'ils commettaient. Car ils mettaient ces femmes à la porte d'un mouvement du cœur universel. Qu'ils les abaissaient au rang de sous-citoyennes.

Tu te permettras d'ailleurs cet aparté : des femmes capables de supporter stoïquement que des hommes hétérosexuels non concernés jaugent et dissèquent H24 la réalité de leur vie et la validité de leurs espoirs, personnellement, tu leur confierais ton gosse direct !

Ce qui s'exprimait dans le désir d'enfant de ces femmes, c'est votre humanité commune. Cela mérite bien quelques paillettes !

Et voilà que tu te mets à penser à devenir père.

Ça a peut-être commencé ce jour-là : tu es en dédicace dans une grande librairie, et tu signes livre sur livre, les gens sont adorables, le libraire aussi. Il s'appelle Henri, il a 56 ans, c'est un homme fluet, avec un je-ne-sais-quoi, qui a mené la rencontre autour de ton roman d'une main de maître et qui t'invite ensuite, avec ton attachée de presse, au restaurant pour dîner. Vous y allez tous les trois et, l'ambiance et l'alcool aidant, le libraire se confie :

« J'ai toujours su que j'aimais les garçons, mais je venais d'une famille qui n'acceptait pas ce genre de chose, alors je me suis marié avec une femme, avec qui j'ai eu trois enfants, et je pense que je l'ai rendue très malheureuse, alors que je l'aimais de tout mon cœur et qu'elle n'y était pour rien. Elle a été un dommage collatéral de mon histoire. »

Henri a divorcé à 50 ans et il a connu sa première histoire avec un homme rencontré sur les réseaux.

« On s'est vus la première fois dans un hôtel, on a fait l'amour, et c'était merveilleux pour moi, très effrayant aussi, et dans la nuit on a parlé l'un contre l'autre, je lui parlais de ma vie, il me parlait de la sienne, où il a été pleinement lui-même, sans jamais mentir ni taire cette partie-là de lui. »

Au petit matin, avant de se séparer, Henri lui a dit combien il l'enviait : « J'aurais tout donné pour avoir été aussi libre que toi de vivre ma vie. »

L'homme l'a regardé, l'air immensément triste, et lui a répondu :

« Moi, je donnerais tout pour avoir eu des enfants. »

« Là, te confie Henri, j'ai compris qu'on était baisés de toutes les façons, et j'envie la jeune génération qui n'aura peut-être pas à devoir choisir. »

Oui, Henri a raison : toi, Baptiste, tu fais partie de la première génération qui n'aura peut-être pas à choisir.

Fonder une famille : voilà que ce grand dessein grandit en toi. Il va falloir te retrousser les manches et t'armer de patience : l'homoparentalité est, plus qu'aucun autre, le lieu où les passions tristes des homophobes se déchaînent avec le plus de rage et d'aveuglement.

Sur un plan politique, l'existence des familles homoparentales a un avantage évident. Quel est le meilleur moyen de lutter contre l'homophobie que de créer des arbres généalogiques nouveaux, issus de vos dissidences ? Si tu as un jour un enfant avec ton compagnon, et que cet enfant fonde à son tour une famille, comment une insulte telle que « pédé » pourrait subsister dans cette famille-là ? Et comment un rejet parental pourrait-il s'opérer sur une descendance quand l'ascendance elle-même est trans / pédé / gouine ? Comment ton enfant, devenu adulte, pourrait-il rejeter son propre enfant homosexuel s'il est lui-même issu, au premier ou au second degré, d'un couple homoparental ? Comment feront les amis des enfants de vos enfants pour être ouvertement hostiles à l'homosexualité dans leurs cours d'école ?

Imaginer deux vieilles aux tresses blanches, main dans la main, entourées de douze petits-enfants, voilà un songe qui te rend heureux. L'opposition qu'a rencontrée la loi sur le mariage pour tous trouve son origine ici : les vociférants à serre-tête devinaient peut-être ce que la reconnaissance de vos unions changerait dans dix ans, dans vingt ans, dans trente ans. Sur le long terme, leurs passions tristes sont condamnées à s'éteindre. Par la seule force de nos liens familiaux. Quelque part, ils avaient raison sur un point, tu dois leur concéder cela en citant leurs propres mots[53] : « La famille, c'est aussi bien le foyer qui réunit un couple ou des parents avec leurs enfants que le lien indéfectible qui les unit. La famille, c'est aussi les frères et sœurs, et encore les grands-parents, oncles et tantes, cousins et cousines, neveux et nièces… Ils ont en partage leur lien et leur histoire commune. Parce qu'elle est le maillon fort de la transmission d'une génération à l'autre, parce qu'elle renouvelle et enrichit un héritage immatériel, la famille donne à l'enfant tout ce dont il a besoin pour bien grandir : amour, soin, éducation, apprentissage, respect, valeurs… »

Merci Ludovine Serre-Tête De Mon Cul.

Voici l'héritage que les queers ayant fondé une famille légueront à leurs descendants : des munitions émotionnelles et intellectuelles pour permettre l'avènement d'une société plus juste, plus respectueuse de tous et toutes.

En cela, tu n'as jamais compris les personnes LGBT+ qui jugent négativement le besoin de normativité des autres LGBT. Durant les débats sur le mariage pour tous, on a vu des homosexuels reprocher à d'autres leur désir d'intégrer des schémas considérés comme bourgeois, ou pour le moins traditionnels. Tu te souviens de phrases du genre : « Je regrette déjà le temps où nous pouvions attirer un amant sous un porche pour l'embrasser en cachette », lancées à la volée sur les réseaux sociaux.

Or, il n'y a aucune capitulation dans l'idée de vouloir se marier, ou de fonder une famille, ou de vouloir protéger juridiquement ces unions et ces familles grâce aux institutions légales*.

* « Considérer que le bonheur passe par le fait de trouver un·e conjoint·e génial·e pour s'installer, en affichant au monde entier

La subversion, c'est aussi vouloir s'extraire du narratif obligatoirement séditieux auquel la norme hétéro (et certains militants gays) voudrait vous circonscrire.

Sur un plan personnel, tu n'as pas grand-chose à dire : ton désir de parentalité est le même que celui de certaines personnes hétérosexuelles qui « crèvent » de ne pas réussir à avoir d'enfant, et qui se posent les mêmes questions, éprouvent les mêmes angoisses, les mêmes sentiments de vide. En vrai, ça t'ennuie d'en parler, car tu as l'impression de devoir justifier la « normale banalité » de ton désir. « Hé, regardez, je suis comme vous, j'ai envie de fonder une famille et de me battre pour quelque chose d'à la fois plus petit et plus grand que moi ! »

Que te faudrait-il ajouter d'autre ? Il n'y a rien de bien extraordinaire là-dedans.

Ton désir d'enfant n'est pas politique : il est tout simplement politisé. Mais tu ne te vois pas écrire des pages et des pages sur une émotion qui est stricto sensu celle de beaucoup de personnes infertiles.

En cela, tu ne te sens pas homosexuel en dehors des moments où tu sais devoir affronter l'homophobie ordinaire d'un travailleur social, d'un psychiatre ou d'un psychologue, susceptibles de délivrer ou non

---

que "nous sommes comme vous", c'est esquiver les vrais enjeux, et c'est une expression de la haine de soi », Carl Wittman, *Un manifeste gay*. (Certes, Carl a raison, mais on peut aussi vouloir, de temps en temps, laisser le militantisme et la politique au placard.)

l'agrément nécessaire à toute procédure d'adoption, et tous capables de jauger ta dissidence amoureuse comme un frein à l'épanouissement d'un gosse.

Et s'il y a bien un lieu de ton intimité où tu refuses catégoriquement de laisser entrer les préjugés et les stéréotypes de votre société, c'est celui de ton désir de parentalité. Tu as un compagnon. Vous vous aimez. Vous parlez adoption. Tu ne sais pas. Tu aimerais. On peut avoir envie de faire des enfants parce que : l'amour. Parce que : l'espoir.

C'est un élan naturel chez toi. Tu rêves de te dépasser pour un autre que toi. Et tu ne saurais pas dire autre chose aux lecteurs qui tiennent ce livre entre leurs mains que tu as, toi aussi, envie de rouler à 80 km/heure sur la voie de droite pour ne pas mettre en danger le petit être qui dort à l'arrière en toute confiance. Voilà. Ça ne s'explique pas, ça ne se juge pas. C'est comme ça.

Puis ton désir naturel se heurte au mur du réel. Un jour, tu tombes sur ce reportage[54], où la directrice de la DDASS de Seine-Maritime explique crûment à des journalistes au sujet des couples homoparentaux en demande d'adoption qu'« eux-mêmes sont un peu atypiques par rapport à la norme sociale mais aussi la norme biologique [donc il faut que] leur projet supporte des profils d'enfants atypiques ».

Et la directrice d'ajouter : « Si leur projet supporte des profils d'enfants atypiques, c'est-à-dire des enfants dont personne ne veut, parce qu'il y a des gens qui ne veulent pas adopter des enfants trop cassés, trop perturbés psychologiquement, trop grands, handicapés […], donc si les couples homosexuels ont des attentes ouvertes, ils peuvent très bien adopter un enfant. Ils ne seront pas prioritaires, mais ils ne sont pas exclus du tout de l'adoption. »

Voilà. C'est violent pour les couples, oui, mais c'est d'abord extrêmement violent pour les enfants en question, considérés comme un pis-aller.

Cela te glace le sang. Tu veux bien être traité de « pédé », tu veux bien avoir peur dans la rue quand tu embrasses un garçon, tu acceptes de baisser les yeux, de traverser toutes les hontes, mais ça… c'est au-dessus de tes forces. Être jaugé, jugé, préjugé, stéréotypé, d'accord. Tu te bats, d'accord. Tu prends des coups, OK. Mais pas ici. Pas à cet endroit-là.

Sans trop même savoir pourquoi. Pourquoi ce sujet-là et pas un autre ? C'est inexplicable. Mais tu sais déjà que tu vas devoir affronter la horde d'hétérosexuels pas méchants, mais un peu cons cons, et qui feront la queue pour te sortir, la bouche en cœur, d'un ton légèrement paternaliste :

« Et l'adoption ? Vous y avez pensé ? »

Non, Machin, évidemment qu'on n'y avait pas pensé ! Heureusement qu'il est là pour en parler… Qu'est-ce qu'on ferait sans lui ? Ah, les Machin… Leurs manières bien à eux, avec ce petit sourire compatissant, et cette innocence insupportable, alors qu'ils ignorent que vos couples sont persona non grata.

Ainsi, ce reportage de France Info, écrit par Valentine Pasquesoone[55] :

« Un membre de l'équipe départementale chargée des adoptions, souhaitant rester anonyme, confirme ces refus. En cinq ans, il a présenté "une quinzaine" de dossiers de couples de même sexe pour l'adoption d'un pupille de l'État. Aucun n'a été retenu. [Les membres de l'équipe] n'étudient même pas les dossiers de couples homosexuels. À chaque fois, il faut un papa et une maman. Ils veulent donner "une bonne famille" à l'enfant. »

Dans ce même reportage :

« L'UNAF, l'Union nationale des associations familiales, était "majoritairement opposée" au mariage pour tous et "majoritairement défavorable à l'accès à l'adoption pour les couples de même sexe" au moment du débat sur la loi Taubira. Elle est toujours impliquée dans le processus d'adoption aujourd'hui, car chaque conseil de famille compte au moins un représentant proposé par l'UDAF, l'Union départementale. »

Fermez le ban, la messe est dite.

« Et l'adoption ? Vous y avez pensé à l'adoption ? Il y a tellement d'enfants malheureux... »

En plus d'une méconnaissance crasse des adversités affrontées par les couples de même sexe, ces Machin Bonnes Âmes confessent une ignorance totale de l'état des lieux de l'adoption en France, qui reste un parcours du combattant, y compris pour les couples hétérosexuels. Les derniers chiffres publiés par l'association Enfance & Familles d'adoption faisaient état, en 2021, de 3 965 enfants « adoptables ». Or, on estime en France le nombre de demandes d'agrément pour l'adoption à 10 000 chaque année. Ainsi, année après année, le nombre de couples espérant adopter grandit : ils sont près de 30 000 à attendre...

Et il croit qu'on va privilégier les couples de même sexe, Machin ? Machin n'en sait rien, mais il se sentira très « tolérant » et « ouvert d'esprit » en sortant des phrases du genre : « Franchement, un enfant n'a besoin que d'amour. Je préfère deux papas aimants qu'un couple hétérosexuel qui bat son enfant à coups de pelle ! »

En gros, oui, ce qu'il dit c'est que, par rapport au fond du panier de l'humanité, vous êtes pas mal. Merci pour le compliment de merde, Machin, sans doute cela part-il d'une bonne intention, mais... comment le dire poliment ? Il existe une malédiction yiddish pour les gens comme lui, les gentils sauveurs, imbéciles heureux qui ignorent les montagnes que vous avez à gravir : tu espères qu'il perdra toutes ses dents, sauf une, comme ça il pourra quand même souffrir d'une rage de dent !

Dans tous les cas, au moins, il fermera enfin sa grande gueule.

Une nuit, tu te souviens de cette amie soignante, mère célibataire partie faire une PMA à Barcelone, qui t'appelle en larmes : elle vient d'accueillir aux

Urgences un bébé, gravement malade. Une septicémie sévère, parce que son papa et sa maman ne l'ont pas lavé depuis un mois !

Ton amie pleure, et tu serres les dents de rage, et, en même temps, tu t'en veux d'avoir ce genre de pensées... Indexer la légitimité parentale des couples homos sur l'illégitimité de certains couples hétéros, c'est encore une fois prendre le modèle hétérosexuel pour standard de la parentalité.

Ce n'est pas parce qu'il existe des parents indignes et inhumains que les familles homoparentales ont le droit d'exister, mais parce qu'elles sont, tout simplement, à l'image des couples hétéros : dignes et humaines.

Une famille, ce n'est pas du biologique : c'est du temps, de l'amour, des souvenirs et beaucoup d'engueulades.

Un jour, la collègue de ton mari, jeune apprentie de 19 ans, est fichue à la porte de chez elle car elle est lesbienne – même si tu préférerais qu'on dise « car ses parents sont lesbophobes ». Bref, les débats sémantiques n'y changeront rien : elle passera Noël seule. Enfanter, câliner, éduquer, rire avec, s'endormir avec, aimer, et soudain, stop, plus rien. Que les LGBTphobies l'emportent sur l'amour parental dit tout du combat qui reste à mener.

À l'image de ce gamin, qu'une association venant en aide aux mineurs et jeunes majeurs isolés t'amène en consultation en urgence. Jeté à la rue le jour de ses 18 ans car ses parents avaient fouillé dans son téléphone et trouvé des textos. Aucune nouvelle de sa famille pendant trois mois, puis tout à coup voilà que sa mère l'appelle. Tu revois encore très distinctement son visage baigné de larmes à mesure qu'il te livre ces mots d'une violence inimaginable : « Le plus douloureux, docteur, c'est de ne pas savoir si maman m'appelle parce qu'elle regrette et m'aime encore, ou si c'est parce qu'elle me hait tellement qu'elle arrive à surmonter son dégoût pour moi et fait semblant de m'aimer pour que je revienne et que la famille puisse me tuer. »

Imagine-t-on ? La société est tellement homophobe que des gens peuvent renier leurs gosses simplement parce qu'ils n'aiment pas « comme il faut ». On pourrait t'objecter que non, on ne peut pas dire ça comme ça, la société n'est pas homophobe, elle est hétéronormative, ça oui, mais pas homophobe.

Que répondre ? En dehors du fait que cela ne change pas grand-chose pour les minorités. Comment s'installe cette hétéronormativité et comment se pérennise-t-elle d'une génération à l'autre ? Faut-il que la société soit tellement, profondément, violemment homophobe pour que l'amour parental ne fasse pas le poids. Se rend-on bien compte du degré de haine envers les LGBT+ qu'il faut avoir intégré pour l'emporter sur l'amour d'une mère ou celui d'un père ?

Parfois tu te surprends : comment peut-on vivre dans une société aussi hypocrite ? Comment peut-on adhérer à ces mensonges collectifs et accepter des situations où l'on pointe du doigt le supposé *mensonge sur les origines* que commettraient les lesbiennes à l'endroit de leur progéniture dans une société où tant d'enfants de couples hétérosexuels se sont vu confisquer leur vérité ?

Vivre dans une telle société, c'est accepter, consciemment ou inconsciemment, d'occulter des pans entiers de vérités et de réalités. C'est là, peut-être, ce qui t'interroge le plus : si le système tient, c'est par l'inaction de la majorité qui regarde sans voir. Pour paraphraser les Évangiles : « Ils ont des yeux mais ils ne voient pas. » Il faut s'anesthésier au malheur des minorités pour qu'il se perpétue. Ou s'en réjouir. Dans tous les cas, le système perdure.

Tu comptes fort sur les artistes d'aujourd'hui, les écrivains, les chanteurs, les hommes et les femmes politiques. La visibilité, encore la visibilité, toujours la visibilité.

À vous regarder, ils s'habitueront.

Pensez-vous
que les hétérosexuels
devraient avoir
le droit d'adopter ?

Tu vas visiter ce vieil homme seul, chez lui. Il a un grand appartement, en centre-ville, où il erre de pièce en pièce toute la journée, donnant l'impression de chercher un sens à sa vie. Quand tu entres, il est souvent assis à la table du salon, devant une tasse à café vide. Parfois la télévision est allumée, le volume est toujours baissé au minimum. À croire qu'il veut voir les visages, mais sans le son. Comme une mise en abyme de ce qu'il est devenu : une figure sans voix, sans musique intérieure. Un homme qui se tait, qui joue seul aux échecs, un coup les blancs, puis il se lève, fait le tour de sa table, un coup les noirs. Le mercredi midi, direction le club de bridge. C'est peut-être la seule activité sociale qui lui reste. Il n'a pas d'enfant. Un voisin te confie un jour, avec un sourire entendu : « Il a vécu longtemps avec un "colocataire", si vous voyez ce que je veux dire. » Et le voisin de te faire un signe de guillemets avec les doigts, au cas où tu n'aurais pas compris.

Tu ne sais pas pourquoi l'histoire de ce vieux monsieur te touche plus qu'une autre. Est-ce lié à son homosexualité, à l'histoire d'amour cachée qu'il a vécue durant quarante ans, est-ce lié à son prénom ? Il s'appelle Sydney. C'est également ton second prénom, celui que tes parents ont choisi après Baptiste. Un prénom féminin, que tu as longtemps trouvé incongru. Continuer à suivre Sydney a été émotionnellement difficile : tu as l'impression que la vie te tend un miroir. Celui de la solitude, si présente chez l'homosexuel adolescent comme chez l'homosexuel vieillissant. L'isolement est un fléau chez les personnes âgées : il l'est encore plus quand vous êtes homosexuel[56].

Toi, tu as toujours voulu des enfants. Tu as aimé grandir au sein d'une famille nombreuse. Tu as eu la chance immense d'avoir des parents aimants, concernés. Tu mesures ce privilège.

Là, tu veux parler du désir de paternité chez les hommes. Parce que si ce n'est pas un sujet tabou à proprement parler, cela reste un non-sujet, dont on ne parle pas, ou trop peu. Tu es persuadé que si plus d'hommes faisaient ce pas d'en parler ouvertement, cela participerait à abolir un peu mieux les normes de genre, donc les carcans dévolus aux hommes (« naturellement » faits pour fuir la cellule familiale) et aux femmes (« naturellement » faites pour établir et prendre soin de ladite cellule).

Tu ne sais pas trop comment c'est arrivé chez toi. En découvrant ton homosexualité, tu avais fait une croix sur la paternité, sans savoir combien cela se révélerait douloureux.

Au cabinet médical, tu accueilles des bébés, tu les prends dans tes bras, parfois tu aides des mamans à les changer, et tu commences à éprouver un truc indéfinissable, une envie un peu folle d'en avoir un à toi, de l'aimer, de l'éduquer, d'être la meilleure version de toi-même pour un plus petit que toi, un plus fragile que toi. Ce désir commence à devenir torture.

Parfois, le soir, quand les patients sont partis, tu chiales dans ton bureau en pensant à cet enfant placé par l'Aide sociale à l'enfance. Tu serres les dents, puis ça devient tellement envahissant que te voilà maintenant à jalouser les autres, à grimacer quand tu reçois des faire-part d'amis, ça a l'air tellement facile pour les autres, et ils ne s'en rendent pas compte. Tu ne te reconnais plus, tu t'aigris de plus en plus, tu te « tatie-daniellises », tu sens que se tient là, peut-être, le drame qui peut changer la nature et le destin d'un homme, et le rendre mauvais.

Un soir, tu reçois un patient, une grande baraque, deux mètres, genre rugbyman. Tu t'occupes de son problème médical, puis après vous papotez. Tu sais qu'il bosse dans le milieu judiciaire, il accompagne des mineurs victimes d'abus et de violence, les place dans des familles ou des foyers. Tu sais aussi que sa femme et lui sont en plein parcours PMA depuis plusieurs années. Ils enchaînent les fausses couches, et, soit dit en passant, quel horrible terme que celui-ci, car rien n'est faux dans une « fausse couche » : ni la peine, ni la perte. Tous ces gamins à la vie détruite, alors qu'il n'arrive pas à avoir de gosse, ça le tabasse… Tu te souviens, c'était la fin de la journée, plus personne en salle d'attente, et tu sens que peut-être ça lui ferait du bien si tu te livrais aussi, il se sentirait moins seul. Il n'est pas commode pour un homme de confesser être « en mal d'enfant ».

Alors, ce soir-là tu dis, « moi aussi j'aimerais », tu lui dis « mais je ne peux pas », tu lui balances tout, que tu ne peux plus soigner un bébé au cabinet sans avoir le cœur en miettes, et vous finissez comme deux idiots, les larmes aux yeux, en vous tapant sur l'épaule, enchaînant les promesses, comme quoi « vous allez y arriver ! », lui avec son épouse, et toi avec ton amoureux.

Ça vous a fait du bien. Parce qu'ils existent aussi, ces hommes qui rêvent d'investir la paternité à fond, d'être un père à part entière, pas juste « une béquille pour la mère ». Peut-être que si l'on parlait plus des types comme lui, comme toi, arriverait-on à changer un peu l'image qu'ont les hommes de leurs propres responsabilités en tant que potentiels futurs pères. À donner d'autres modèles à la jeunesse, y compris aux jeunes homosexuels qui pourraient souffrir d'imaginer leur situation comme « une voie sans issue ». Une société comme celle-ci n'existe pas encore. Il faudra bien finir par l'inventer.

Il est sage de tenir à distance les stéréotypes ou les préjugés en s'efforçant de penser contre soi-même, surtout en médecine. Mais parfois, eh bien, c'est la médecine qui vous conforte dans certaines images figées.

Avant d'être médecin, tu pensais qu'on exagérait la lâcheté des hommes, vous savez, ceux qui mettent leur compagne enceinte et prennent la poudre d'escampette, préférant la fuite à une parentalité qu'ils ne veulent pas endosser. Parce qu'il faut le reconnaître : élever un enfant, c'est dur, personne n'est prêt à tous les sacrifices que cela demande, mais les femmes pas davantage que les hommes !

Puis tu es devenu médecin généraliste, et tu t'es aperçu que ce cliché de la mère célibataire élevant seule un ou plusieurs enfants parce que le géniteur a préféré la liberté à ses responsabilités, ce n'était peut-être pas un si gros cliché que ça. Mais comme tu es scientifique avant tout, et qu'on vous enseigne à ne pas tirer de loi générale d'une observation personnelle, tu as voulu savoir ce qu'il en était des chiffres.

En France, selon l'INSEE, les familles monoparentales représentent plus de 24 % des familles, et elles sont constituées à 82 % de femmes avec enfants. Choisie ou subie, la monoparentalité reste un facteur majeur de précarisation, et l'une des premières causes de pauvreté en France, où 1,3 million de personnes en famille monoparentale vivent en dessous du seuil de pauvreté. Sans surprise, ce sont les femmes célibataires qui sont les plus concernées.

À situation égale, les mères célibataires sont plus pauvres que les pères célibataires. Ils sont moins au chômage, bénéficient d'emplois de cadres mieux protégés juridiquement, et ils sont beaucoup plus souvent propriétaires de leur logement.

Ces chiffres sont effrayants, plus encore quand on sait que les hommes ne sont pas les derniers à vouloir remettre en cause le droit des femmes à disposer librement de leur corps, que ce soit avec la pilule ou l'interruption volontaire de grossesse, alors même qu'ils ne pâtiront pas directement d'une parentalité non désirée... Les hypocrites !

Les femmes sont fertiles quelques jours par mois seulement et durant une période de plus ou moins trente ans. Les hommes, eux, sont fertiles de leur puberté à leur mort, et à chaque rapport sexuel ! Le vrai problème de la contraception, ce n'est pas la fertilité féminine, c'est d'arriver à responsabiliser les hommes sur les conséquences pour eux d'une grossesse inopinée – coupons ce foutu robinet à sperme ! Dans les faits, c'est pourtant sur les épaules des femmes que repose la charge mentale de la contraception, et ce sont elles qui, bien souvent, courent après le versement des pensions alimentaires que trop d'hommes rechignent à payer.

Et si tu t'énerves, c'est parce que tu en as un petit peu marre en tant que médecin d'accueillir dans ton cabinet médical la détresse de ces femmes précarisées si nombreuses qui affrontent tout, toutes seules, avec une dignité et une abnégation qui forcent le respect. Mais si cette dernière phrase te met mal à l'aise, c'est bien parce qu'elles n'ont pas le choix. Ces femmes ne sont pas devenues veuves le jour de leur accouchement. Le père de l'enfant n'est pas mort en couches. Il a juste décidé de ne pas assumer ce qu'on est deux à pouvoir provoquer quand on est dans un lit à profiter des bonnes choses de la vie.

Tu sais qu'on ne devrait pas juger des situations qu'on ne connaît pas. Mais un peu que tu vas te permettre de les juger. Et si vous étiez plus de mecs à les juger sévèrement, peut-être qu'ils arrêteraient de se comporter comme des sous-hommes égoïstes et immatures.

Tu es sûr que valoriser le père en l'homme changerait profondément le regard que la société porte sur la virilité. Cela pourrait même être une révolution pour la masculinité, en la débarrassant d'une forme d'égoïsme intrinsèque probablement liée à l'inégalité fondamentale suivante : les hommes peuvent baiser sans craindre de tomber enceints, en toute insouciance donc en toute irresponsabilité.

Tu n'arrives pas à expliquer par quels mécanismes mystérieux tu subodores que les minorités sexuelles gagneraient quelque chose d'important à la valorisation d'une paternité engagée et mature. Il faut transformer cette paternité en qualité virile. Pourquoi ? Les hommes sont globalement effroyablement stupides, et guidés par le besoin de plaire à leurs congénères mâles : mettez-leur en tête qu'être un père de famille responsable est un truc de « mâle alpha », et vous les verrez tous, tels des moutons concourant à un géant concours de bites, faire ostensiblement la queue à Auchan pour acheter des Pampers, tout en s'échangeant bruyamment des conseils sur la meilleure manière de nettoyer ces foutus biberons. Tu n'arrives pas à l'expliquer intelligiblement, mais tu sens bien que s'engager totalement, en tant qu'homme, à devenir responsable d'un enfant, eh bien cela ouvre une brèche intime par où s'engouffre la tendresse. Il y a quelque chose d'immense dans l'idée fondamentalement humaniste d'avoir à s'occuper d'un plus petit, plus dépendant, plus fragile que soi.

Peut-être ce changement de paradigme passe-t-il par commencer à dire publiquement que oui, des hommes – peu importe qu'ils soient hétéros ou homos – ont aussi en eux ce désir, ce besoin viscéral, inexplicable, et qu'ils n'en sont pas moins hommes pour autant. Au contraire. Plus hommes, peut-être, au sens de « plus responsables » donc « moins immatures ». Tu devines qu'ici, peut-être, existe la possibilité d'une révolution du masculin par la douceur. Car les nouveau-nés savent déclencher des émotions inconnues chez les adultes.

Savoir que ce petit être est capable de mourir si on l'abandonne vous reconnecte avec une vérité profonde que l'état d'adulte et la méchanceté du monde vous font parfois oublier : l'humanité n'est peut-être pas à jeter entièrement à la poubelle. C'est sans doute utopique, mais la société changerait de fond en comble si on élevait au pinacle de la sainte virilité l'image de l'homme en train de changer des putains de couches. Peut-être seront-ils alors, enfin, au rendez-vous de leurs responsabilités.

Pensez-vous que l'hétérosexualité soit une manière comme une autre de vivre sa sexualité ?

Quand un couple gay ou lesbien décide de devenir parents, s'offrent à lui plusieurs possibilités : la PMA, la coparentalité, l'adoption ou la GPA.

Pour en revenir à la question de la gestation pour autrui, il te semble que la première erreur commise est d'ordre grammatical. Aucune espèce de débat n'est possible tant qu'on continuera d'utiliser la formule monolithique « la GPA ». On devrait dire « les GPA ». Il y a autant de gestations pour autrui que de gestatrices ou de parents d'intention, une multitude d'histoires toutes différentes. Existe-t-il des femmes ukrainiennes ou d'ailleurs qui « vendent » leur ventre ? Oui. Est-ce que cela est condamnable ? Sans doute, mais tu te refuses de juger : les GPA en Ukraine coûtent beaucoup moins cher que celles, dites « éthiques », aux États-Unis ou au Canada. Toi, si tu le voulais, tu aurais les moyens de devenir père éthiquement. Partant de ce constat, tu serais bien le dernier des hypocrites à juger les couples moins fortunés que toi…

Tu as envie de parler de ces parcours-là à travers le périple accompli par un couple d'amis hétérosexuels. Tu ne défends rien, mais tu veux décrire ce qu'ils ont vécu et permettre au lecteur de se forger son opinion comme tu t'es forgé la tienne. Et cela passe, d'abord, par savoir précisément de quoi l'on parle. Alors tu parles. D'eux.

Joséphine et Samuel sont ensemble depuis dix ans. Tu étais à la faculté de médecine avec Samuel. Ils ne peuvent pas concevoir d'enfants. C'est un drame pour eux. Samuel a aimé Joséphine au premier regard. Joséphine, elle, a mis plus de temps. L'amour, c'est beau aussi quand ça prend son temps. Lui est blond, elle est brune. Ils se sont pacsés il y a quatre ans.

Partis au Canada pour devenir parents, Joséphine et Samuel t'apprennent les conditions par lesquelles ils vont accéder à la parentalité. Tu sens une pointe de fébrilité dans leurs voix. Ont-ils peur de ton jugement ? Peur de ce que tu penses de « tout ça » ? La situation est cocasse : deux hétérosexuels craignant le jugement d'un homosexuel sur la manière dont ils ont décidé d'accéder à la parentalité…

« Mary, notre mère porteuse, a un travail, un foyer, deux enfants, elle ne veut pas de troisième, mais éprouve le besoin primal de retomber enceinte, m'expliquent-ils. C'est la loi canadienne : pour être mère porteuse, elle doit nécessairement avoir déjà été maman*. »

Joséphine et Samuel t'informent que 70 % des GPA à Toronto concernent des couples hétérosexuels comme eux, couples où la femme ne peut pas, pour différentes raisons, porter d'enfant elle-même**.

Notons que dans la majorité des pays où la gestation pour autrui est marchande (Russie, Inde, Ukraine…), celle-ci y est interdite aux couples homosexuels. Si exploitation du corps des femmes il y a, celle-ci est donc du fait d'autres couples hétérosexuels…

Pourquoi en a-t-on donc fait un problème d'« homosexuels » ? Tu ne sais pas, mais tu as ta petite idée, n'est-ce pas, Machin ? Ça simplifie le débat, avec, d'un côté, des femmes idiotes nécessairement instrumentalisées, et, de l'autre, des couples de barbus mangeurs d'enfants. En 2022, 75 % des Français se disaient favorables à la légalisation de la GPA pour les couples hétérosexuels, contre 59 % pour les couples homosexuels : ce hiatus, c'est l'homophobie.

* Avoir au moins un enfant, c'est-à-dire avoir déjà expérimenté une grossesse jusqu'à son terme.

** Ainsi, Nicole Kidman, Kim Kardashian, Naomi Campbell, Nick Jonas, Cristiano Ronaldo, Sarah Jessica Parker, Sharon Stone, Paris Hilton, autant de célébrités hétérosexuelles ayant eu recours à la GPA avec leur moitié, mais ça n'intéresse pas *Valeurs actuelles*, car ça gêne leur narratif autour des gros barbus qui s'enculent dans des backrooms et achètent des enfants sur AliExpress.

Quand, dans les années 2000, a lieu la première GPA de l'histoire des séries télé, personne n'est choqué et tout le monde trouve ça mignon. Phoebe, dans l'épisode 11 de la saison 4 de *Friends*, accouche de triplés qu'elle a portés pour son frère. Personne ne hurle, mais son frère étant hétérosexuel, c'est sans doute un début d'explication. « Au Canada, t'expliquent Samuel et Joséphine, la marchandisation de la gestation est interdite. Les femmes ne sont pas rémunérées mais défrayées (encore heureux) : quand, au cours de la grossesse, elles doivent pour des raisons de santé rester à la maison pour se reposer, ce sont les couples d'intention qui se chargent de leur salaire. Aussi, ce sont elles qui choisissent le couple infertile pour lequel elles acceptent de porter l'embryon. »

Et Samuel et Joséphine de te détailler les trois interminables années où ils ont figuré sur une liste d'attente, longue comme le bras, de « parents d'intention » : y patientent sagement des couples homosexuels et une majorité de couples hétérosexuels infertiles, espérant enfin être élus par une mère porteuse.

« C'était interminable, d'être choisis. Mais c'est fait. Mary nous a sélectionnés car elle nous a trouvés touchants dans la vidéo où nous nous présentons. Ensuite, il a fallu qu'on voie une psychologue, et que celle-ci valide notre dossier. Mary aussi a dû se soumettre à un entretien avec la même psy, pour attester qu'elle est saine d'esprit et que son projet pour nous aider est solide. »

Tu demandes alors comment cela se passe pour la fécondation *in vitro* (FIV).

« Au Canada, en aucun cas la *surrogate,* le terme anglo-saxon désignant la mère porteuse, ne peut porter son propre “bagage génétique”. La loi interdit que la donneuse d’ovocytes et la mère porteuse soient la même personne. Les embryons qui lui sont implantés proviennent obligatoirement d’ovocytes donnés par une autre femme. Il n’y a aucun lien génétique entre mère porteuse et bébé. » Ils te décrivent leur donneuse d’ovocytes, une femme d’affaires très aisée d’une trentaine d’années qui sera payée 3 000 dollars pour son don (loi anglo-saxonne sur l’utilisation des éléments et produits du corps humain oblige), qui désire rendre à un couple le moyen par lequel sa petite sœur qu’elle aime fut conçue. Joséphine prend la parole :

« Je pense qu’il ne vaut mieux pas dire qu’elle nous “donne” ses ovocytes contre 3 000 dollars : c’est insultant à double titre. D’abord pour son geste, car le processus chirurgical du don est très douloureux, et pour sa fortune personnelle qu’elle a bâtie elle-même sans l’aide ni des hommes, ni de ses ovocytes. Nous lui avons demandé d’être la marraine de l’enfant. Elle a accepté avec joie. La mère porteuse aussi, on voulait lui proposer, mais elle a décliné : elle est déjà marraine trois fois. »

Tu révises ton jugement.

« Ce qui est étrange, c’est que personne, absolument personne ne juge cela dérangeant ou répréhensible là-bas. On nous a juste félicités pour notre parcours du combattant… On ne comprend pas trop tous les débats en France. On était sur une liste d'attente et on a été choisis par une femme qui va nous aider gratuitement à fonder une famille. C'est aussi simple que ça. »

Tu t'interroges : *Mais alors, si la rémunération des mères porteuses est interdite, comment se fait-il que la GPA au Canada coûte aussi cher ?*

Bien évidemment, les agences qui jouent les intermédiaires « se sucrent ». Les frais d'avocat et les frais médicaux ? Des sommes ! 50 000 dollars la FIV ; 80 000 dollars pour payer l'agence qui vous trouvera une mère porteuse et les frais liés à la grossesse elle-même ; 10 000 dollars en frais d'avocat. La seule personne qui n'en profite pas financièrement est finalement la principale intéressée, la mère porteuse. Ce système-là, oui, il dérange. Pourtant, la somme totale d'une GPA au Canada est à peine inférieure à celle d'une GPA aux États-Unis.

La différence ?

Aux États-Unis, la sur-marraine est rémunérée environ 20 000 à 30 000 dollars. Pour neuf mois de grossesse. Soit 2 700 dollars par mois, sachant qu'elle « garde » votre enfant 24 heures sur 24, ce qui est le salaire convenu là-bas pour une « nounou » qui prendrait soin de votre enfant. On pourrait se piquer d'une question purement utilitariste : quitte à payer une somme plus que rondelette, pourquoi ne pas en faire profiter la sur-marraine ? Cet argent ne serait-il pas mieux dans la poche des femmes qui veulent porter des enfants pour des couples, plutôt que dans la poche d'intermédiaires, avocats, médecins, agences indépendantes chapeautées par le gouvernement ?

Ces sommes, choquantes, correspondent au coût de la santé individuelle dans les pays anglo-saxons. Si scandale il y a, c'est bien celui-ci : au Canada comme aux États-Unis, il ne fait pas bon être un couple infertile, tout comme il ne fait pas bon être diabétique, malade chronique, en situation de handicap, dialysé, arthritique, séropositif. Si vous n'avez pas les moyens de vous soigner, vous « crevez ». Si vous n'avez pas les moyens de payer votre FIV, vous resterez sans enfant.

Donc oui, posons la question : si la gestation pour autrui est inéluctable (et elle l'est, vous n'empêcherez jamais des couples de tout faire pour fonder une famille), ne vaut-il pas mieux l'encadrer légalement ?

Samuel prend la parole : « Pourquoi dit-on que les couples infertiles comme nous qui ont recours à une GPA "achètent" leur bébé, c'est-à-dire dépensent une somme folle pour accéder à l'étranger au parcours médical leur permettant de devenir parents ? Qu'est-ce qu'ils croient payer, les gens, en France, avec les cotisations sociales ? La grossesse a un coût aussi en France. Les parcours de procréation médicalement assistée pour les couples infertiles ont un coût. Les échographies ont un coût. L'accouchement a un coût. Ils ne paient peut-être pas directement l'hôpital, la cryoconservation des gamètes puis des embryons, la FIV, le gynécologue-obstétricien qu'ils consulteront tous les mois durant la grossesse, leur congé parental fois deux (congé maternel et congé paternel), l'hospitalisation à rallonge en maternité en cas de prématurité, mais ce n'est pas pour autant gratuit. Les services d'aide médicale à la procréation et les maternités ne vivent pas d'amour et d'eau fraîche. La différence entre les gens qui nous accusent d'acheter notre bébé et nous, c'est que les couples infertiles en France n'ont pas vu la couleur de leur facture, mais elle existe quand même : ils l'ont payée et continuent de la payer tous les mois, dans la colonne "cotisations sociales" de leur feuille de paie. »

Tu réfléchis longuement à ces propos de Samuel.

Finalement, la seule variable entre eux et les couples ayant suivi un parcours de procréation médicalement assisté en France, c'est que ces derniers n'ont pas à payer directement ce que la France, parce qu'elle interdit sur son sol la gestation pour autrui, a obligé Samuel et Joséphine à payer deux fois. Ici en cotisations sociales pour tous, et là-bas.

Ah mais ce n'est pas pareil, te dira-t-on. Samuel et Joséphine ont instrumentalisé le corps d'un tiers, d'une femme.

« D'une certaine manière, me dit Samuel, toute grossesse est exploitation. Même au sein d'un couple hétérosexuel typique, quand la femme décide d'avoir un enfant, elle va exploiter les ressources de son corps. Son époux, lui, va exploiter le corps de sa femme pour devenir père.

– Oui, lui rétorques-tu, mais la GPA, ce n'est pas pareil : c'est une femme qui exploite ses ressources "pour les autres".

– C'est donc l'idée que ce soit fait "pour les autres" qui te dérange ? Pour un autre couple qui ne peut pas avoir d'enfants ?

– Oui, enfin non, ce n'est pas ce que je veux dire, car évidemment présenté comme ça... Mais c'est la marchandisation du corps d'une autre femme qui dérange. »

Tu finiras par t'empêtrer dans des explications fumeuses.

Le mieux, sans doute, quand on ne connaît rien à ces sujets, est de suspendre son jugement. Ou d'apprendre.

Apprenons.

Définissons d'abord les termes : qui a choisi, en France, l'expression « mère porteuse » ? Alors que les principales intéressées reconnaissent elles-mêmes que, ayant déjà connu la grossesse pour fonder leur famille, ce qu'elles font pour d'autres couples n'a rien à voir avec la maternité au sens propre.

Certains préfèrent le terme « gestatrice ». Pour autant, il te déplaît, mais dans un sens inverse : froid et clinique, il dévalue un peu l'extraordinaire cadeau que font ces femmes. Il supprime tous les affects qui peuvent se créer entre elles et les parents d'intention. « Gestatrice », c'est pour le coup littéralement renvoyer la femme à un rôle de « tiroir à bébé », ce qui n'est pas un bon reflet de la réalité, pas plus que l'expression « mère porteuse » ne l'était.

Car si « mère porteuse » est du pain bénit pour l'extrême droite, le terme « gestatrice » est dévalorisant : « Regardez comment les pédés parlent des femmes qui font ça, on dirait qu'ils parlent d'incubateur sur pattes ! »

Les deux termes conforteront les opposants dans leurs visions :

– une amputation supposée où l'on priverait un enfant de la femme qui l'a porté ;

– une réification supposée du ventre des femmes, transformées en outil purement mécanique et biologique, corvéable « à merci ».

Personnellement, avec le recul que te confère l'écoute de nombreux témoignages, tu préfères le terme « sur-marraine », dont le champ lexical familial te semble réellement refléter le lien affectif qui se crée très souvent.

Quand tu as eu ce débat avec Samuel et Joséphine, ils ont eu la réponse la plus saine et naturelle du monde :

« Je crois qu'on va directement demander à notre "super marraine" comment elle veut être appelée ! »

Fin du débat sémantique, selon toi.

Samuel et Joséphine s'inquiètent. Tu ne leur as pas dit ce que tu pensais de leur démarche. Ils ne savent pas si, comme la plupart de ceux qui ne connaissent absolument rien au sujet, tu as un avis ferme et définitif. Samuel et Joséphine ont raison de s'inquiéter. Tout en admettant les limites de tes compétences, qui t'obligent à une suspension de jugement raisonnable, tu te demandes : dans une société marchande et machiste, où les femmes sont économiquement plus précarisées et exploitées que les hommes, se poser la question de l'éthique inhérente à cette pratique n'est pas infondé, loin de là. Alors tu commences à t'interroger, puis à interroger tes proches, surtout les femmes.

Après tout, on ne peut pas dénoncer le machisme d'une société tout en répondant à la place des premières concernées. Cela serait commettre du machisme au carré. Cela reviendrait à dire « je sais pour toi ce qui est beau et bon. Laisse-moi t'expliquer ». Ce discours, qu'il vienne d'hommes ou de femmes, te laisse perplexe.

Quand ta sœur, Ana, qui a déjà deux enfants, te dit qu'elle se verrait bien les porter, vos futurs enfants, qui est-on pour parler à sa place ? Quelle femme féministe oserait le lui interdire au prétexte qu'elle sait mieux qu'elle ce qu'elle doit vouloir ? Vous étiez tous les deux dans la cuisine de vos parents quand elle t'a confié : « Depuis que nos parents m'ont adoptée, ils ont tout donné pour m'éduquer, m'aimer et m'élever. Je ne me souviens pas de ma vie sans eux, sans vous. Faire ça pour vous, ça donnerait du sens à mon histoire personnelle. Et personne en dehors de moi ne peut comprendre ça. »

Une amie libraire, Caroline, te dit un jour :

« J'ai connu mon mari à 13 ans. J'en ai 40. J'ai trois enfants magnifiques. Si la GPA était autorisée en France, je vous le porterais votre bébé, et je mets au défi n'importe quelle féministe de venir me dire ce que je dois faire / ressentir avec mon corps. »

Qui est-on pour parler à la place de Caroline ?

Quand Audrey, une amie lesbienne, te dit qu'elle aimerait, si c'était possible, vous aider à devenir papas en portant votre bébé, car « j'ai adoré être enceinte et c'est une expérience que j'aimerais renouveler sans être de nouveau mère pour autant », qui est-on pour parler à sa place ? Elle est féministe militante, de toutes les manifestations, docteure en sociologie, mariée à une femme docteure en droit. Qui est-on pour parler à la place de cette femme ? Qui est-on pour parler à la place de ces femmes ?

Si les hommes pouvaient porter un bébé pour un autre couple, personne ne viendrait juger leur décision, ni ne douterait qu'elle fût prise pour de solides raisons, ni ne leur dénierait ce droit s'ils le veulent. Car les hommes ne sont jamais traités comme d'éternels enfants : ils savent ce qu'ils veulent dans la vie, eux ! Alors que les pauvres femmes, vous comprenez... Elles sont si influençables... et vénales avec ça !

Tu t'interroges sur ce « petit truc » dénié aux femmes : le droit à l'autodétermination. Les femmes subissent en permanence la remise en question de leurs choix de vie comme si elles étaient incapables d'être autonomes, de « marcher au son de leur propre tambour ». Elles sont, encore, d'éternelles mineures dès lors qu'il est question de leur corps et de ce qu'elles souhaiteraient en faire.

Et l'argument « les femmes pensent qu'elles veulent le faire pour des couples, mais en réalité elles obéissent inconsciemment à une injonction sociétale permanente d'être dans le "soin à l'autre" au lieu de penser avant tout à elles » est une dialectique dangereuse et désespérante.

Selon celle-ci, une femme qui dirait en conscience « je fais ce que je veux de mon corps » se tromperait « nécessairement » puisqu'elle serait soumise « nécessairement » à des déterminismes inconscients installés par le patriarcat (qui, par un étrange tour de magie, se retrouverait tout à coup du côté des pédés et au service de leur désir de parentalité...). Avec ce postulat, aucune femme ne serait jamais libre dans nos sociétés, puisqu'elles seraient irrémédiablement condamnées à méconnaître les causes qui les déterminent. Dès lors, on les priverait a priori de toute possibilité d'agentivité. Puisque le patriarcat existe, les femmes ne peuvent pas savoir ce qu'elles veulent. À qui, donc, de décider pour elles, sinon les hommes ? Effrayant postulat, aux effrayantes conséquences !

S'il existe des femmes pour qui porter l'enfant d'un autre n'a pas la même charge symbolique, doivent-elles se taire ? Ou parler en courant le risque qu'on leur explique qu'elles « ne savent / comprennent pas ce qu'elles ressentent » ? Pourtant, si on y réfléchit... Y a-t-il plus avantageux pour le patriarcat que de maintenir autour de la grossesse une aura passionnée, mystérieuse et mythologique ?

Pourquoi ne mythologise-t-on pas de cette même façon le robinet à sperme des hommes ? Lui aussi est responsable, après tout ! Parce que, en l'état, cette absence de mythologisation leur permet depuis des siècles d'échapper à leurs obligations parentales quand, au détour d'un coït, ils devraient assumer une paternité surprise.

Tout ce narratif autour de la figure mariale, sorte de resucée antédiluvienne du mythe de la déesse mère, où la « FEEEEMME » ne devient totalement telle que par la maternité, et où s'accomplissent en elle au cours de la grossesse d'étranges forces obscures, bla-bla-bla, ainsi que tous ces récits new age autour du féminin sacré qui ramènent sans cesse les femmes à leur utérus, à leurs seins, à leurs règles, aux cycles de la lune, bla-bla-bla… Quelles chaînes attachées aux pieds des femmes !

Que d'autres femmes affirment ne pas s'y retrouver, qu'elles prétendent être capables de donner AVEC BONHEUR l'enfant qu'elles ont porté POUR un autre couple, tout cela est dangereux pour le patriarcat et sa fabrication mythifiée de l'identité féminine idéale.

Cette voix-là, autonome, autodéterminée, qui l'entend ? Qui ?

À l'heure où tu écris ces mots, Joséphine et Samuel sont devenus parents d'une petite fille, Maëlle, qui a à présent un an. Quand, à Toronto, ils ont dit au revoir à Mary, celle-ci a ri et a jeté en l'air : « On se voit dans deux ans pour le petit frère ! »

Joséphine et Samuel ont pensé qu'elle plaisantait. Mais non. Depuis, une nouvelle FIV a été prévue pour novembre 2024, toujours dans le même cadre de la gestation pour autrui empathique, sans aucune rémunération. Le fait que Mary réitère l'expérience t'a interpellé. Quand, pour écrire le présent livre, ils t'ont permis de correspondre avec elle pour l'interroger sur ses motivations, cette dernière t'a répondu : « Je veux donner du bonheur à ces gens. Vous voyez cette histoire du couple qui a planté des arbres dans le désert pendant trente ans ? Au début ils plantent un arbre, puis deux, puis trois, puis à la fin, on voit une photo avant / après et ils ont fait exister une forêt. Ben voilà. C'est un pouvoir que j'ai en moi et je l'utilise comme bon me semble. Que Joséphine et Samuel le veuillent ou non, quand leurs arrière-arrière-arrière-petits-enfants se poseront la question de leur arbre généalogique, je serai tout en haut. Que ce soit écrit quelque part ou perdu pour toujours, qu'importe ! Je sais qu'une nouvelle famille existe grâce à moi. Qui peut se regarder dans la glace et se dire "j'ai ce putain de super-pouvoir !" ? Moi je peux ! »

Finalement, tu t'es peut-être trompé en écrivant ce chapitre. Tes amis, Joséphine et Samuel, ne s'appellent peut-être pas comme cela. Peut-être qu'ils s'appellent Marc et Julien. D'ailleurs, oui, il s'agit bien d'un couple de garçons. Si la vision que vous, lecteur, aviez de leur parcours change maintenant qu'ils ne sont plus hétérosexuels dans votre esprit, alors vous n'avez pas un problème avec la GPA, mais avec l'homosexualité. Ce n'est pas grave, cela arrive à plein de gens bien.

Tu deviens père.

Tu n'expliqueras pas comment. D'abord, tu dois protéger cet enfant des fracas du monde. Ensuite, tu ne le dois à personne. Déjà, tous les jours, les voisins, les patients, les amis d'amis, la serveuse de votre restaurant préféré, toutes vos connaissances se permettent de vous demander chaque fois :

« Comment avez-vous fait ? »

On ne devrait pas demander aux couples infertiles hétérosexuels comment ils ont réussi à fonder leur famille. Du coup, tu aimerais qu'on fiche la paix aux couples homosexuels. Il existe bien des manières de fonder une famille. Mais elles ne regardent personne, en fait. Et les personnes qui posent ces questions ne connaissent probablement rien à ces parcours du combattant. Tu as autre chose à faire que de répéter inlassablement la même histoire parfois douloureuse, une histoire qui laisse des traces. Pour eux, c'est juste une discussion comme ça, entre la poire et le fromage, mais sont-ils prêts à entendre votre récit ? Votre colère ? Votre fatigue ? Vos échecs ? À l'entendre avec l'attention et la compassion nécessaires ? Et a-t-on seulement envie de les partager, ces intimités si fragiles, avec des quasi-inconnus ?

« C'est qui le père ?

– On est tous les deux les pères.

– Non, mais je veux dire : le donneur de sperme ? »

Parce que oui, pour ces Machin-là, le père, c'est celui qui s'est branlé dans un tube à essai en pensant à Henry Cavill. Pas celui qui se lève toutes les nuits et n'en dort plus depuis un an.

« Et vous allez en faire un deuxième ?

– Je ne sais pas. T'as 100 000 balles à nous filer ? Non ? Ben alors, je te propose cordialement de fermer ta gueule.

– Oui, mais... Comment avez-vous fait ? »

La prochaine fois, tu répondras : « Comme tout le monde, en levrette ! »

La prochaine fois. Promis.

Cela ne fait pas longtemps que vous avez officiellement le droit d'exister en tant que familles. Que vous le vouliez ou non, vous porterez sur vous cette responsabilité écrasante : prouver à la société qu'elle avait raison de vous octroyer ce droit.

Pression d'être des parents irréprochables en élevant des gosses irréprochables.

Avilissement du dominé qui doit montrer au

dominant qu'il n'a pas commis d'erreur en desserrant un peu la bride autour de son cou.

Et, sur vous, cette peur supplémentaire du couple homoparental : si l'enfant a des soucis (peu importent lesquels), on accusera l'homosexualité de ses parents d'en être responsable...

Puis, un après-midi de congé, la police t'appelle : ils sont chez Sydney, le vieil homme solitaire, dont tu es le médecin traitant. Il a été retrouvé mort par son aide à domicile.

Ils ont besoin d'un médecin pour rédiger le constat de décès, et ils aimeraient que tu fasses vite : ils ne veulent pas rester avec le corps trop longtemps, ils ont d'autres chats à fouetter, et tant que l'obstacle médico-légal n'a pas été levé par un docteur en médecine, ils sont bloqués dans ce vieil appartement avec ce corps de vieil homme. Le SAMU n'est pas disponible, ils ont bien essayé d'appeler d'autres médecins, mais aucun n'a répondu ou pu se libérer.

Tu aimerais y aller, et tu devrais le faire, mais tu dois récupérer ton enfant chez l'assistante maternelle. Tu t'organises en catastrophe, tu sautes sur ton vélo, passes par ton cabinet médical chercher le document Cerfa, celui où l'on écrit noir sur blanc avec un coup de tampon le décès de la personne en vue de permettre aux autorités de supprimer définitivement son existence « administrative ». Puis tu fermes ton cabinet et tu arrives chez Sydney.

Le corps du vieil homme s'étale dans la cuisine,

face contre terre, le pantalon et le caleçon sur les chevilles. En tombant, son visage s'est écrasé sur un angle du plan de travail en formica. Sydney est blême, froid, défiguré par la chute, la tempe et la mâchoire inférieure enfoncées. Sydney a dû tomber en sortant des toilettes. Est-ce ainsi que les hommes meurent ? Plus précisément : est-ce ainsi que les vieux homosexuels meurent ?

On est peu de chose, penses-tu, sauf que lui, ce peu de chose, il l'a été sans enfants, sans famille proche, et sans compagnon puisque celui-ci est mort il y a quelques années, à une époque où le mariage pour tous n'existait pas, à une époque où l'on se cachait pour s'aimer, où l'on se faisait passer pour des vieux colocataires, des amis, des cousins, quoi d'autre encore ?

Tu demandes à la police s'ils ont des gants à te prêter, car tu dois examiner le corps de Sydney avant d'estimer que la mort est, selon les termes médico-légaux consacrés, « réelle et constante ». Ils n'ont pas de gants. Alors tu l'examines « comme ça », ta peau contre la sienne, jaunâtre, bleuâtre, plombée, tu sens le froid, le sang déjà coagulé dans les veines, la rigidité cadavérique, les articulations figées pour toujours dans la dernière position qu'il aura prise là, en se débattant seul, face contre terre.

Tu évites ses yeux vitreux, parce qu'ils te fixent d'un regard blanc, regard avec plus personne dedans. Tu lui parles un peu, tu lui dis cette phrase idiote, « alors Sydney, qu'est-ce que tu nous as fait ? », comme s'il avait prémédité cette mort sinistre. Tu repenseras beaucoup à cette phrase : « Qu'est-ce que tu nous as fait, Sydney ? » Qu'est-ce qu'il t'a fait, Sydney ? À toi, Baptiste ? En dedans ? Du côté de cette part non choisie que vous partagiez ? Qu'est-ce qu'elle agite en toi, cette mort au visage mutilé, avec son slip sur les chevilles ? Tu demandes aux agents de police de recouvrir le corps.

Quand tu redescends pour prendre ton vélo et pédaler comme un fou jusqu'au domicile de l'assistante maternelle, tu t'aperçois que tu as oublié de te laver les mains, c'est bête, mais d'un seul coup ta main droite brûle. Il faut absolument que tu la laves avant de prendre ton enfant dans les bras, il faut absolument que tu la laves bien fort, longtemps, à fond, il faut que tu la laves avant de toucher ton bébé, et quand tu arrives chez l'assistante maternelle, même pas un bonjour, tu fonces aux toilettes, et là, tu frottes comme un forcené, encore et encore, ta peau rougit, tu ne veux pas toucher ton bébé avec cette main-là, qui a palpé le pouls du vieil homosexuel mort tout seul, qui a touché la Mort, tu ne peux pas, tu ne veux pas. Pourtant, tu le sais bien : ce n'est pas Sydney qui est sale, ce n'est pas son corps qui est sale, ce n'est même pas la Mort qui est sale.

C'est la société tout entière. Mais elle, tu ne peux pas la savonner dans un lavabo. Alors tu vas écrire un livre. Tu y parleras de Sydney, de sa fin sordide, mais tu clôtureras son récit en rappelant qu'il a aimé, et a été aimé en retour par un autre homme, qui n'était pas un « colocataire », mais l'amour de sa vie. Cela, cet amour de quarante ans, il ne peut pas *ne pas avoir été*. Et tu ajouteras ce poème de Raymond Carver[57] :

Et as-tu reçu
ce que tu voulais de cette vie, malgré cela ?
Oui.
Et que voulais-tu ?
Me dire bien-aimé, me sentir
bien-aimé sur la Terre.

C'est étrange de réfléchir à cette manière dont la parentalité se déploie de façon très différente pour chacun.

Ton compagnon aime son enfant inconditionnellement, et il l'aime dans l'allégresse, le chant et la joie, dans une forme de débordement de vie. Quand bébé pleure, il le prend dans ses bras, le berce et lui chante des chansons pour l'apaiser, le câline en racontant des blagues, en imitant des acteurs célèbres, des chanteurs : il est tout entier dans la pétulance et la félicité, la chaleur, le mouvement et la lumière.

Toi ? Tu n'aimes rien tant que regarder ce bébé dans les yeux, sans mot dire, lui sourire tendrement, avoir ces moments suspendus rien qu'à vous, ces temps où la contemplation mutuelle règne, dans le silence et la pénombre. Ces moments faits d'immobilité bouleversante, de bruits minuscules, d'observations réciproques, de recueillements paisibles, d'apesanteurs nocturnes, comme vos respirations qui s'accordent quand il lâche prise et s'endort sur le ventre, face contre ton torse, après un gros chagrin. Ce moment où il accepte le sommeil comme l'acrobate accepte le vide parce qu'il sait que tu le rattraperas toujours.

En vrai, tu ignores pourquoi tu parles de cela, mais vous avez une manière si radicalement opposée d'accueillir cet amour, cela t'a sauté au visage et frappé de plein fouet. Tu ne peux, ici, que repenser aux discours de La Manif Pour Tous, ces diatribes homophobes sur l'homoparentalité, cette idée bien à elle selon laquelle un enfant a nécessairement besoin de deux pôles référents diamétralement opposés, la douceur féminine et l'autorité masculine, et autres poncifs éculés.

Tu savais déjà que ses membres pensaient de la gadoue et qu'ils malaxaient cette bouillasse pour la recracher sur les plateaux télé et en barbouiller des pancartes moches. Néanmoins, avant l'expérience de la paternité, tu ignorais à quel point ils se trompaient.

Ce que tu ressens au plus profond de toi ? Ce ne sont pas les « masculinités » ou les « féminités » propres au couple qui déterminent les figures d'attachement. Ce sont vos *personnalités*, même si tu as l'impression d'écrire une banalité. D'ailleurs ça n'existe pas « le père » ou « la mère ». Il y a un ou des parents. Des individus. Avec leurs bagages respectifs. Et c'est l'enfant qui fait d'eux des parents extraordinairement singuliers. Peut-être les parents « façonnent-ils » leur enfant, mais c'est l'enfant qui « fait » le parent. On ne peut savoir à l'avance quel type de parent on va être, et, partant de là, s'imaginer qu'on sera « comme ci » ou « comme ça » parce qu'on a un vagin ou un pénis...

L'enfant fait se déployer en vous vos particularités, qui ne sont semblables à aucune autre, encore moins, tu en es aujourd'hui convaincu, à un bloc socialement prédéterminé par votre genre et qu'on voudrait nommer « LE père » ou « LA mère ».

Tu es désolé si tu t'exprimes mal ou obscurément : peut-être que ce que tu avances ne vaut que pour les familles queers ou atypiques, c'est-à-dire sans rôle prédéterminé par la société.

Tu n'aimes pas ton enfant comme « un homme », au sens de représentant mâle de ton espèce. Tu ne vois vraiment pas ce que ton genre viendrait faire là-dedans. Tu l'aimes comme Baptiste, avec toutes les singularités qui font que tu es toi, Baptiste Beaulieu, et pas Béatrice L., ou Marc P., ou Élise L.

Ces gens voient-ils ce que tu tentes d'exprimer ?

Quand il t'appellera « papa », ce n'est pas « mon père, cette paire de balloches » qu'il désignera. Ce sera « mon père, cette personne sur Terre, et aucune autre ». De même quand il sortira un « papa » à ton mari. C'est cela que tu veux dire, et tu as conscience de pouvoir le dire justement parce que tu es en union homoparentale, c'est-à-dire libre de tous carcans moraux et sociétaux.

Tu n'affirmes pas davantage que votre charge mentale est parfaitement répartie au sein du couple, contrairement à un couple hétérosexuel. Non.

Tu n'affirmes pas que votre traitement des tâches ménagères et parentales est absolument égalitaire entre ton compagnon et toi, contrairement à un couple hétérosexuel. Non.

Ce que tu affirmes cependant c'est que, contrairement à un couple hétérosexuel, rien n'est joué, fixé d'avance. Vous n'avez pas à vous « couler » naturellement dans des attendus de la société en raison de vos sexes. Aucun rôle « domestique » prédéterminé ne vous est assigné. Tout a été, et tout est encore, à réinventer chaque jour dans la parentalité queer.

Cela donne lieu à d'enrichissantes discussions : qui fait quoi ? Quand ? Comment fait-on sans modèle ? Comment refaites-vous la famille autrement, exactement ?

Inconsciemment, personne dans ton entourage n'attend moins de toi parce que tu es un homme : il n'y a pas de femme dans l'équation.

Ton entourage ne peut mettre ni pression sur les épaules de ton épouse, ni t'offrir l'absolution dont on gratifie si souvent les hommes au prétexte que « les gars font ce qu'ils peuvent, leur maladresse est touchante, puis ils n'ont pas l'instinct maternel, heureusement que leur femme est là ».

Personne ne t'applaudira parce que tu changes les couches, nettoies les biberons, vas chercher le bébé chez l'assistante maternelle, et plus tard, parce que ton compagnon et toi allez à la réunion parents-profs et qu'« il travaille beaucoup, mais il se libère pour ça, son épouse en a de la chance, dites donc ! ». Non. Ils ne peuvent pas.

Du coup, tu as cherché s'il existait des études autour de la paternité spécifiquement gay. Celle-ci, parue dans la revue *Family Process* et qui a suivi 130 familles, arrive à la conclusion que les pères homosexuels seraient de meilleurs parents que les pères hétérosexuels[58]. Quand *Slate* a relayé cette étude, tu assistes à une levée de boucliers de la part de « bons pères » de famille hétéros sur les réseaux sociaux : l'étude allant à l'encontre de ce qu'ils pensent, c'est l'étude qui a donc tort. Oui, leur ego est touché, car après tout : peut-être sont-ils nuls, mais comme ils font le minimum, la science devrait se parjurer et leur tresser des lauriers.

Les rôles au sein de la cellule familiale seraient donc interchangeables ? C'est bien ce que démontre l'essayiste Sophie Adriansen dans son ouvrage passionnant *Qui s'occupe des enfants ?*[59]. Non, on n'élève pas ses enfants avec ses organes génitaux, et la disparité des rôles au sein du foyer sert les hommes et dessert les femmes. Les rôles sont interchangeables, mais les hommes hétérosexuels n'ont strictement rien à gagner à ce que cela change. On les comprend.

Tu vas être clair : tu es persuadé que les hommes en couple hétérosexuel surjouent une forme d'incompétence aux tâches courantes du foyer, comme leurs pères avant eux, et les pères de leurs pères. Ils développent même des tactiques, conscientes ou inconscientes, souvent calquées sur leur propre schéma parental, pour justifier leur inaptitude. Le but ? Que madame les sollicite le moins possible. Le meilleur moyen pour obtenir ce résultat ? Jouer – littéralement – au débile.

Madame leur demande de changer bébé, de lui donner à manger, de nettoyer la vaisselle, de passer la serpillière, de ranger les courses, de préparer les cadeaux de Noël, etc. ? Ils vont le faire, oui. Mais mal[60]. La couche laissera passer l'urine, le lait sera trop chaud, la vaisselle mal rincée, le sol encore collant de saleté, les cadeaux à côté de la plaque. Madame lui demande dix fois la même chose, lui montre dix fois comment faire ? Monsieur va oublier dix fois, va mal faire dix fois. Et quand, au bout de la dixième fois, madame comprend qu'elle perd un temps fou à repasser derrière lui, qu'elle irait plus vite en faisant les choses elle-même directement, elle ne lui demandera plus que le strict minimum...

Une autre possibilité encore plus malsaine, ce sont les hommes qui vont devancer les demandes et attentes de leur épouse, mais s'y prendre volontairement mal pour qu'au bout d'un moment celle-ci ne leur demande plus rien, pour qu'elle ne puisse même pas leur reprocher de « ne pas vouloir aider » puisqu'ils sont « si volontaires » et qu'ils

« prennent des initiatives », mais qu'ils sont hélas « si maladroits ».

Un matin, ton compagnon t'appelle :

« Baptiste, le rendez-vous chez la pédiatre, c'est maintenant !

– Comment ça, maintenant ? Maintenant, maintenant ?

– Oui ! Maintenant ! »

Vous courez à la pharmacie chercher les vaccins, évidemment vous avez perdu l'ordonnance de la pédiatre, et heureusement que tu es médecin, tu dégaines ton ordonnancier et cela vous sauve la mise. Puis vous volez, avec bébé, jusque chez la pédiatre, arrivez *in extremis* dans la salle d'attente. Qui est pleine. De mères. Évidemment. Vous êtes les seuls hommes.

Vous vous faites la promesse de ne plus jamais oublier les rendez-vous médicaux, et culpabilisez toute la journée d'avoir été négligents. Cela vous servira de leçon.

Évidemment, te rassures-tu, cela doit arriver à tous les parents. Enfin non, pas tous. Surtout les femmes. Selon une enquête d'Elabe réalisée pour l'association Axa Prévention, les femmes seraient 57 % à assumer seules et en totale autonomie la responsabilité du suivi et du bilan régulier de la santé de leurs enfants, contre seulement 5 % des pères interrogés[61].

Le sentiment de culpabilité, la mortification

fugitive et sans doute idiote d'avoir manqué à ses obligations de parents, qui l'éprouve ? Si ce n'est le membre du couple ayant à charge la gestion sanitaire des membres de sa famille ?

Aucune des femmes présentes dans la salle d'attente ce jour-là n'est née mère. Beaucoup ont dû se tromper avant d'apprendre à devenir cette personne qui n'oublie pas le rendez-vous chez le pédiatre de son enfant.

Vous êtes deux hommes. Aucun d'entre vous ne s'est posé la question de qui s'occuperait des rendez-vous médicaux. Vous avez spontanément décidé d'y aller ensemble. Et vous avez, ensemble, oublié le rendez-vous. Vous allez, ensemble, décider que cela n'arrivera plus, et, effectivement, cela n'est plus arrivé.

Tout cela pour dire quoi ? En soi, tu t'en fiches un peu de l'étude de *Family Process* si elle ne sous-entendait pas, in fine, quelque chose de fondamental : les pères gays sont probablement comme tous les autres mecs sauf que, eux, ils n'ont pas de femme sur qui faire reposer la charge mentale. Donc ils commettent des erreurs. Ils oublient des rendez-vous. Ils s'en veulent. Puis ils s'adaptent. Ils font entrer la charge mentale familiale (éducative, sanitaire et ménagère) dans leur vie et apprennent à vivre avec. Et ils y parviennent. En dépassant les attendus sociétaux liés à leur genre.

La chose est possible.

Cette vérité, les pères hétérosexuels s'insurgeant

sur Internet ne la pardonneront pas à l'équipe de chercheurs belges, italiens et californiens ayant mené et publié l'étude sus-citée.

Et c'est, précisément, ce qui rend vos familles passionnantes, dissidentes, dérangeantes, innovantes, porteuses d'espoir pour les femmes hétérosexuelles de demain. Et donc profondément révolutionnaires.

Au cours d'un salon littéraire, un journaliste te demande ce que tu entends par « système hétéronormatif », « homophobie », etc. Tu ne sais pas quoi lui répondre, ces questions-là méritent qu'on se pose quelque part et qu'on ait un moment serein, *une chapelle,* pour en parler.

Vite, il faut aller vite dans notre société, toujours plus vite. C'est quoi, l'égalité ? C'est quoi, un système ? Impossible de l'expliquer, un micro à la main. Mais tu sais que tu as eu la chance immense de tomber amoureux de femmes et d'hommes. Étrangement, c'est quand tu as tenu la main d'un homme dans la rue que tu as été insulté. L'égalité, c'est précisément ce que l'on perd en tant que citoyen selon la main que l'on tient, tandis que le système est cette réalité concrète qui soudain jaillit au coin d'une rue et vous crache à la figure en s'imaginant légitime.

L'insulte est d'autant plus violente qu'il t'arrive

de ressentir, parfois, souvent, de plus en plus même, un sentiment que tu peines à exprimer, et que, par défaut, tu nommeras la fierté.

Oui, il est difficile d'*expliquer de quoi*, mais après des années de haine de soi, tu te rends compte combien tu es heureux et reconnaissant envers cette nature de t'avoir voulu – et construit – *ainsi* et *ici*, dans une société adversaire de vos homosexualités et de vos identités.

Il ne s'agit pas de dresser un éloge de l'homosexualité, mais un éloge – peut-être – de ce que celle-ci a su déplacer depuis toi vers les autres, de ce qu'elle t'a apporté en matière d'expérience humaine et de sensibilisation à l'altérité : parce que tu as été soumis depuis l'enfance à l'épreuve de la minorité !

Devrais-tu rédiger dans ta tête la longue liste des personnes que tu voudrais remercier pour avoir participé à l'être humain que tu es ? Il te faudrait trouver une place pour cet homme qui, un jour, t'a traité de « demi-femme » dans la rue. C'est lui qui t'a amené à t'intéresser au féminisme pour comprendre cette étrange société dans laquelle le mot « femme » et tout ce qui s'y rapporte est utilisé pour insulter les hommes. Étrange société où la moitié des gens pénètre l'autre moitié et où, au lieu d'en tirer un symbole d'accueil et d'hospitalité, elle préfère y voir un signe d'avilissement (pourtant, si la personne pénétrée est salie par la pénétration, cela devrait théoriquement en dire plus sur l'hygiène intime de la personne pénétrante que sur la personne pénétrée).

Tu remercierais aussi cette internaute qui, un autre jour, t'a écrit sur Internet que les homosexuels étaient des malades mentaux : c'est elle qui t'a fait prendre conscience que oui, les personnes malades et / ou en situation de handicap, ou dont la santé mentale est mise à l'épreuve, sont sujettes à moqueries, discriminées, et que toi, personne valide et médecin, tu jouis de privilèges dont sont privés nombre de tes patients.

Bref, la part la plus aimante de toi-même, la plus humainement empathique, voudrait remercier les féministes, les grosses, les lesbiennes, les gays, les trans, les fous, les folles, les Noirs. Tu voudrais remercier les personnes en situation de handicap, les dépressifs, les dépressives, qui t'ont obligé à te décentrer et à regarder le monde autrement.

Être homosexuel a fait de toi un être humain meilleur. Plus décent.

Tu voudrais remercier toutes les personnes qui luttent pour les minorités, peu importe le combat, peu importe la cause, elles sont exactement ce dont une société a besoin. Ce sont des visages et des histoires. Des trajectoires humaines, sensibles, réelles. Contrairement aux statistiques, et aux regroupements lexicaux comme « les migrants », « les réfugiés », « les handicapés », les « Noirs »... Contrairement aux analyses politiques. Des visages et encore des visages. Des voix. Précieuses, salvatrices, qui réinjectent de l'humain dans la machine à informations. Qui vous poussent hors de votre centre de gravité. Ces voix crient et s'étranglent, ces visages supplient, ces visages s'imposent et s'opposent, ces visages vous obligent, ils hurlent, ils tempêtent, ils sont la vague qui amènera demain un monde meilleur, ces visages vous confrontent, à l'Autre, même s'il vous paraît si différent de vous.

Nous sommes entrés dans une société de l'image, où rien ne bouge si le choc d'une photographie n'est pas là pour nous émouvoir. On peut le regretter, on peut en disserter, mais c'est un fait. Si la photo du visage tuméfié d'un homosexuel, du nez sanguinolent d'une lesbienne, d'un enfant mort noyé et allongé sur une plage, si tous ces clichés ne sont pas brandis, exhibés en étendard du sort terrible qui attend les damnés de la Terre, si celui d'une petite fille en larmes derrière les barreaux d'une prison à la frontière américaine n'est pas montré, rien ne bouge, et rien n'avance : les mensonges continuent de nous enserrer la nuque pour nous obliger à regarder ailleurs, et *autrement*. Alors oui, il faut des images, peut-être pas celles-ci, peut-être pas comme ça, mais il en faut, et avec des mots. Des récits pour peindre des trajectoires. Des portraits. Peut-être que ce petit livre n'a pas d'autre prétention. Être un visage de plus, une voix de plus.

Il y a cette phrase de Jean Genet que tu aimes pardessus tout :

Si quand les Noirs sont persécutés, tu ne te sens pas noir,
Si quand les femmes sont méprisées, ou les ouvriers, tu ne te sens pas femme ou ouvrier,
Alors, toute ta vie, tu auras été un pédé pour rien[62].

Voilà ! Ne soyons pas des humains pour rien.

**Accepteriez-vous :
1/ très bien,
2/ plutôt bien,
3/ pas du tout
que votre enfant
soit hétérosexuel ?**

Il y a cette fois où tu déjeunes un dimanche en famille, quand ton ex-beau-frère s'insurge : « Hier, avec les enfants, on est allés se promener en ville et place du Capitole des militants vegan avaient dressé des photos d'animaux dans des abattoirs. C'était horrible ! Tous les enfants qui marchaient dans la rue pouvaient voir ces images ! »

Et là le gars ajoute :

« Pourquoi pas des photos de porno gay tant qu'on y est ! »

Tu manques de t'étouffer et lui demandes ce qu'il entend par là. Disons que oui, tu comprends que montrer des images pornographiques dans un lieu public est dégradant, mais tu veux qu'il t'explique en quoi ce serait plus dégradant si ces images montraient des couples d'hommes plutôt que des couples hétérosexuels. Parce que c'est plus sale ?

Deux minutes plus tard, ta mère et ta sœur

pleurent dans la cuisine, pendant que vous vous hurlez dessus avec la blette humaine qui a passé une bague au doigt de ton aînée.

Finalement, un membre de ta famille conclura par ces mots :

« Tu es trop en colère, Baptiste. »

Tu comprends que, *à cause de toi*, le déjeuner dominical est gâché. Tu aurais dû *laisser couler*. Baisser la tête. Faire le sourd. Supporter l'humiliation devant ton neveu et tes nièces.

« Tu es trop en colère. »

Cette phrase, tu l'entends le plus souvent de la part de certains hommes hétéros blancs jouissant d'un confort matériel suffisant. La possibilité de vivre sans colère est un privilège que n'ont pas les minorités. On ne peut vivre « à bonne distance des choses » quand ces « choses » sont nos corps, nos identités, nos vies, nos droits, nos amours.

Nos fiertés.

Ces hommes hétéros sont-ils donc à ce point incapables de se mettre à vos places ? Adhérer à l'écoute, à l'empathie, à la modestie que leur imposerait leur place dominante dans l'ordre sexuel ? À la position de celui qui ne sait pas ce que vit l'Autre, dans toute sa différence, ils préféreront cette position condescendante. Là-haut. Bien en haut, oui. En surplomb de vos mondes qu'ils ont façonnés, politiquement et sociologiquement, les voilà qui se permettent de juger vos émotions, d'en tempérer les intensités :

« Tu es trop en colère. »

Hé ! Mais qu'ils la ferment un peu !

Ils peuvent être à bonne distance des choses quand ce n'est pas eux qui sont harcelés dans la rue pour une jupe trop courte. Ils peuvent être à bonne distance des choses quand ils peuvent tenir la main de la femme qu'ils aiment sans crainte. Pensez donc : c'est tellement facile d'être à bonne distance des choses quand on ne risque pas d'être tué par la police à cause de sa couleur de peau. Ils peuvent être à bonne distance des choses quand ce n'est pas leur corps qui est moqué en blagues impudentes parce qu'il a le malheur d'être trop gros pour les canons de cette société.

Ils peuvent être à bonne distance des choses lorsqu'ils n'ont aucun mal à prendre le métro, alors qu'une personne en fauteuil roulant se retrouvera confrontée à des escaliers.

« Calme-toi, ça ne sert à rien de s'énerver », conseillent-ils sans rien connaître de vos vies, de vos hontes, de vos humiliations ou de vos blessures… La colère ne jaillit pas de nulle part, elle ne naît pas du vide… Ne se demandent-ils jamais d'où elle vient, cette colère ? Ça les arrange de ne pas se questionner là-dessus, de se persuader que « ce n'est pas moi, ce n'est pas ma faute, c'est quelqu'un d'autre… » Ça les arrange de ne pas voir le système que chacun de leurs adelphes concourt à maintenir tel quel.

Eh bien, devinez quoi ? La colère n'est pas un sentiment honteux. Elle n'est pas plus le témoin d'une perte de contrôle ou d'un manque de sang-froid : elle peut être une force du changement, et elle l'est souvent d'ailleurs. Et puis ça les arrange bien d'appeler colère ce qui relève de la révolte. Ce sentiment camusien, ils ne sauraient le voir. La langue a été leur arme contre toi et tes semblables, leur instrument de propagande*.

Ils ont décidé du champ lexical pour nommer ceux d'en bas.

Ils vous ont enfermés dans un langage, mis tout autour de vous des mots comme une cage, et ils ont appelé l'ensemble *Réalité*, et ils ont nommé leur passion triste *Vérité*.

Depuis toujours, ce sont eux les gardiens du codex,

Le choix des mots,
C'est le choix des armes,
Les flèches de la pensée tendue,
De toutes les pensées,
Tendues pour les servir,
Et asseoir leur statut,
En nommant ce que vous êtes pour eux,
Le pédé, pas le frère,
La gouine, pas la sœur,
Le négro, pas le frère,
La travlotte, pas la sœur,
L'assisté, pas le pauvre,

* La colère, par exemple, ne l'ont-ils pas utilisée et transformée en hystérie chez les femmes ? Ça les arrangeait de salir leurs sentiments, nourris pourtant de tant et tant de révoltes.

Les flèches de la pensée tendue,
De toutes les pensées,
Tendues pour les servir,
Et maintenant,
C'est aussi eux qui devraient choisir,
Ce que vous ressentez ?!
Voleur de sentiments,
Pour vous, c'est déjà tout choisi :
Ce sera la colère, pas la révolte.

Et quand bien même seriez-vous « trop en colère » et leur donneriez-vous raison : ici, en bas, chacun se débat comme il peut !

Voleur de nom.
Voleur de sentiment.
Voleur d'enfance,
Voleur d'amour,
Voleur de fierté,
Voleur de premier amour,
Voleur d'innocence,
Voleur, voleur, voleur, voleur.
Voleur de tout.

« L'homophobie, c'est de pire en pire. » Non ce n'est pas de pire en pire, mais c'est de plus en plus documenté (les smartphones sont partout, et, partout, peuvent filmer ce qui ne l'était pas). On voit ce qui existe depuis toujours, et ce qu'on voit est ignoble, injuste, inhumain. Bref, le propos de ce livre n'est pas de viser les hétérosexuels*. Simplement, tu ne comprends pas que la plupart des gens puissent s'en accommoder aussi facilement. Mais tu sais, oh oui, tu sais que tu as de la place pour tout le monde dans ton cœur, et que tu réserves un creux, cosy et bien chaud, à celles et ceux des hétérosexuels qui entendent ce que tu essaies de dénoncer dans ce récit, ces hétérosexuels

* À bien des égards, je me considère « hétéro-friendly », beaucoup de mes amis sont hétérosexuels, et ma famille en compte beaucoup... En plus, je suis quelqu'un de très tolérant et à l'esprit assez ouvert, ha ha ha.

qui ne se sentent ni agressés ni blessés par tes mots, mais au contraire, peut-être, contingents de vos sorts.

Ceux qui seraient d'accord pour arrêter de vous *regarder de loin.*

Être un allié d'une grande cause, ça ne fonctionne pas si on ne reprend pas ses potes en soirée quand ils ricanent entre eux en se traitant de pédés.

Se dire allié d'une grande cause, ça ne marche pas si on ne pointe pas du doigt ouvertement et devant toute ta famille l'homophobie, le racisme, le sexisme crasseux des blagues de cet oncle bien lourd aux déjeuners dominicaux.

Se dire allié d'une grande cause, c'est se bouger le cul, se remettre en question, faire circuler l'information émise par les minorités, manifester, *perdre des amis*, oui, et ne rien lâcher au prétexte d'une amitié ou d'un lien familial.

Se dire allié n'est pas juste un moyen de briller sur les réseaux sociaux en se donnant des allures progressistes. Si un allié tire bénéfice du combat qu'il défend, alors il ne le mène probablement pas pour de bonnes raisons.

Peuvent-ils se mettre à vos places ? Toucher du doigt la violence qu'il y a à vivre dans des sociétés où des inconnus estiment qu'au seul motif qu'ils sont nés hétéros :

ils sont malades,

ne devraient pas tenir la main de la personne qu'ils aiment, ne devraient pas avoir le droit d'adopter,

ne devraient pas exercer de profession en contact avec des enfants.

Peuvent-ils seulement penser cette brutalité ? Peuvent-ils s'en émouvoir ? Peuvent-ils vouloir casser ce monde en deux et le refaire en mieux avec vous ? Il faut que la honte change de camp, qu'être homophobe inspire le rire, soit ridicule.

Tu n'es pas déontologue, tu es conséquentialiste. Tu crois que la fin justifie les moyens, et malheureusement, l'histoire l'atteste : le pacifisme donne de moins bons résultats qu'une bonne claque dans la gueule. Comme l'écrivait Céline : « Quand la haine des hommes ne comporte aucun risque, leur bêtise est vite convaincue et les motifs viennent tout seuls[63]. » Façonnons un monde où être homophobe comporte des risques.

Il est temps de dire JE grâce au NOUS, hétérosexuels ET queers. Temps de plaider à la première personne pour une grande réconciliation.

Comme j'aimerais que les hétérosexuels qui lisent ce livre comprennent : ce n'est pas contre eux que j'écris, mais contre la bêtise humaine. D'ailleurs, tu rêverais qu'on en convienne : peut-être que oui, finalement, l'homophobie, etc., tout cela est « un peu bête ».

Peut-être peut-on se dire : « Venez, on passe enfin à autre chose parce que les coups, les insultes, les meurtres, les jugements, les moqueries, c'était hier, et qu'on est aujourd'hui. »

« Les anciens, monsieur, sont les anciens. Et nous sommes les gens de maintenant. »

Un truc comme ça. Dans cet esprit. Très naïf.

D'ailleurs, je tiens à préciser : il ne s'agit pas de tourner les homophobes en ridicule, mais de comprendre pourquoi ils pensent ce qu'ils pensent, et de quelle manière, par bien des façons l'homophobie appartient à l'enfance politique de nos civilisations humaines, enfance qu'il s'agirait de dépasser.

Je peux espérer un autre monde. Pour moi. Pour les autres. Pour ceux qui viendront après nous.

Ce ne sont pas les pédés ou les gouines que je défends, c'est une certaine vision de la nature humaine, une meilleure version de la société. J'ai l'ambition d'une aspiration collective supérieure, et j'appelle de mes vœux un cercle vertueux excédant le présent sujet, puisqu'il est finalement moins question de sexualité que de liberté individuelle et, donc, de liberté tout court, la mienne comme celle des autres.

Je peux faire mieux. Les hétérosexuels peuvent faire mieux. Nous pouvons, tous ensemble, faire mieux.

Nous méritons, tous ensemble, plus que ça. Nous sommes plus grands que ça, ces passions tristes nous salissent, nous tirent vers le bas, en tant qu'espèce à la destinée collective. L'homophobie est un mal inutile, nous pouvons être plus heureux, diminuer la souffrance globale du monde, être du côté des libertés plutôt que de celui de la médiocrité, de l'indigence mentale.

« Liberté, égalité, fraternité » est inscrit sur le fronton de nos mairies. Quand tiendrons-nous collectivement cette promesse ?

Et plus important encore : on ne lutte jamais contre l'homophobie « pour rien », car le combat pour une cause n'est jamais réductible à cette cause. Il déborde toujours du cadre auquel on voudrait le circonscrire. Quand les femmes se battent pour leurs droits, les homosexuels y gagnent, parce que c'est l'idée tout entière qu'on se fait de la liberté qui en est changée pour toujours.

Cependant se pose la question de la méthode.

Chaque fois que je dis « non » à un propos homophobe, chaque fois que je me corrige, que je corrige un ami, que je témoigne de ma désapprobation, je deviens un petit soldat du changement, mais ce n'est pas suffisant.

On gagne peu de suffrages en expliquant aux gens ce qu'il s'agirait de repérer puis de policer dans leur propre comportement.

Cela, je n'y crois pas. Ce militantisme-là n'est pas mon créneau, et il m'apparaît fragile, dans le sens où il ouvre la porte à l'autolâtrie. Regarder les autres avec commisération car ils ne savent pas, n'ont pas lu les bons livres ou fréquenté les bons maîtres, voilà qui permet juste de s'offrir le sentiment gratuit de jouir soi-même d'une autorité morale supérieure. Cela reste de l'ordre de la posture. On ne change pas l'humanité en la regardant de haut, mais en convoquant ce qu'elle peut produire de meilleure : la douceur, la générosité, la bienveillance, la clémence, le partage et un sens primitif, chevillé au corps, de la justice.

Aussi différents que nous soyons, nous partageons une espérance commune : celle d'être heureux et à notre place dans le monde.

Quand j'interviens dans les facs de médecine, que je parle à des étudiants de la manière dont on peut accueillir les patients, les accueillir au mieux je veux dire, et limiter au maximum les comportements médicaux toxiques ou de maltraitance, une chose me frappe : je ne conquiers jamais autant d'approbation auprès de mon auditoire que lorsque je partage le témoignage d'un patient ou d'une patiente, et que ce récit est suffisamment sensible, au sens de « authentiquement humain », pour réussir à agiter en eux une part de bonté commune dans laquelle ils sauront se reconnaître.

Je crois qu'il en est de même pour la lutte contre l'homophobie.

Dire aux gens « c'est méchant d'être méchant » relève de l'imposture militante. Mais partager avec eux un récit qu'on aura sorti du noir, faire entendre des voix inaudibles, des voyages ici-bas si longtemps invisibles, puis, par ce biais, toucher en eux ce noyau d'empathie hérité de l'enfance, cela oui, profondément, j'y crois.

C’est ce que j’ai essayé de faire dans ce texte : poser mes tripes sur la table et faire appel chez les autres à leur sentiment d’équité.

« Voilà ce que je suis, et voilà ce que j’ai vécu à cause de ce que je suis. Trouvez-vous cela bien ? Trouvez-vous cela juste ? »

Si la réponse, au plus profond de vous, est Non, alors qu’importe que vous ne pensiez pas pouvoir changer le monde puisqu’une part de vous, en terminant ces lignes, vient de commencer à le faire.

La conclusion sera pour Lina.

Pourquoi elle et pas mon fils ? Parce que si je sais avec certitude être le père de mon enfant, ce que je suis pour cette petite fille née de mon don de gamètes est autre chose, quelque chose de différent, de dissident, de subversif, quelque chose à l'image de nos identités, de nos familles et de nos amours.

Conclusion pour toi, donc, douce Lina, et pour tes deux merveilleuses mamans qui m'appelèrent un soir de pandémie, désespérées de voir leur beau projet parental disparaître à cause des fermetures de frontières et des atermoiements des législateurs français. Elle sera pour ce nouveau monde que j'appelle de mes vœux, ce nouveau monde dans lequel j'espère élever mon fils, et le voir jouer avec Lina. Elle sera pour toutes ces nouvelles familles nées de ces amours-là, de nos amours, et de nos solidarités trans / pédés / gouines. Elle sera tournée vers l'avenir et ces nouvelles généalogies queers, plurielles, communautaires, foutraques, aimantes, qui espèrent toutes refaire le monde en mieux.

Chère Lina,

Je t'écris d'une place qui n'est pas celle d'un oncle, ou d'un parrain, mais qui n'est pas non plus celle d'un anonyme parmi la foule.

Imagine-moi comme un ami de ta famille, ou de vaguement approchant. Avec tes mères, nous allons au marché ensemble, nous déjeunons, nous refaisons le monde. Nous usons de nos professions respectives pour nous entraider, je prends soin de leur santé, elles nous préparent du couscous pour les soirs de grosse fatigue, depuis qu'on est devenus papas. Mais elles nous aident aussi sur le plan juridique afin que nous devenions les papas de notre enfant aux yeux de la loi française. On est une étrange petite communauté d'une dizaine de personnes, toutes queers. Et c'est précisément pour cela que je t'adresse cette lettre. Parce que tu es tout entière le fruit de l'amour, de l'entraide, et de la fraterno-sororité qui irriguent nos communautés marginales.

Je ne demande pas aux gens de comprendre. Juste de suspendre leur jugement sur des situations aussi complexes que belles, aussi belles que naturelles.

Quand elles parlent de moi, tes mères disent « ton donneur », mais comme tu prononces mal, tu as pris l'habitude de dire : « Baptiste c'est mon bonheur ! »

C'est beau parce que, à ta manière, même si je ne t'aime pas comme j'aime mon propre enfant, tu es une partie du mien, de bonheur. Tout simplement.

Oui, si tu n'es pas ma fille, tu n'es pas non plus une inconnue. À la date où sera publié ce texte, tu fêteras bientôt tes quatre premières années d'existence, mais sache que tu existes dans la tête de tes mères depuis bien plus longtemps. Bien avant ta conception, tu vivais déjà dans leurs pensées, petit garçon ou petite fille, peu importe, mais déjà aimée.

Tu n'as été que la matérialisation d'une attente qui posait, certains soirs de mélancolie, un sourire de pur bonheur sur leurs visages. Peu d'entre nous peuvent se targuer d'avoir été un état d'âme mille fois renouvelé avant d'atterrir en ce monde. Un enfant, pour les femmes comme tes mères, cela s'espère autant que cela se porte. Parfois, je me dis que s'il en était ainsi pour tous, nous verrions émerger un monde plus juste, où nous serions unanimement le fruit d'un désir tel qu'il ne viendrait à l'esprit de personne de réfuter le miracle sublime que constitue *en soi* l'existence des enfants ici-bas.

Bref, puisqu'il s'agit de fêter la concrétisation d'un rêve, et que ce rêve serait en droit de s'interroger sur l'étrangeté de cette Terre où il s'est organisé en chair, et os, et sang, en émotions vivantes, il me semble opportun de témoigner ici du bonheur et de l'espoir que ton existence suscite en moi.

Je ne doute pas qu'avec les mères fantastiques qui t'ont espérée, conçue, portée, mise au monde, élevée et aimée de tout leur cœur, tu seras de celles ou ceux capables de relever leurs manches face au chantier du monde des humains.

Tu portes en toi le rêve d'un monde meilleur, un monde un peu débarrassé des passions tristes de tes aînés, tu portes en toi l'espérance.

Et en même temps tu ne portes rien de tout cela, tu n'as aucune autre responsabilité que de chercher – comme tout le monde – à gagner les moyens de ton propre bonheur et de ta propre émancipation.

Mais tu es une enfant de l'amour et de l'amitié. Ça oui.

Et c'est pour cela que j'espère de tout mon cœur que tu ne liras jamais ce livre. Que ceux de ta génération n'auront pas à le lire.

Parce que cela ne vous concernera plus, ou moins, ou si peu.

Et si d'aventure tes yeux de future jeune fille se posaient sur cet ouvrage, je veux que tu n'y comprennes rien, ou pas grand-chose, que toutes ces violences te soient pour toujours étrangères, que tu lises ces successions d'injustices comme tu lirais un précis sur le cannibalisme à l'âge de pierre, ou sur l'Inquisition au Moyen Âge, que tu te dises *ah, tiens, on jugeait des gens à cause de leurs amours*, comme tu te dirais *ah, tiens, on brûlait des sorcières parce qu'elles étaient des femmes libres*, je veux que tu te dises *avant on empêchait des hommes noirs et des femmes blanches de s'aimer et on appelait cela le racisme*, comme tu te dirais *avant on empêchait les adultes d'aimer qui ils voulaient et on appelait cela l'homophobie*, je veux que cette enfance de nos civilisations qu'est l'homophobie t'apparaisse absurde à ce point-là, que tu entretiennes à cet endroit une distance morale infinie, distance qui serait le fruit de tant de combats qui auraient précisément mené à cela : un peu d'étonnement, beaucoup de curiosité et de l'indifférence. Parce que cela signifierait qu'on aura enfin réussi à réconcilier ces parts brisées de la nature humaine qui n'auraient jamais dû être séparées. Qu'on aura accueilli tout entier le vivant visage de la diversité humaine.

Je veux que tu grandisses sans connaître le mot « pédé », sans connaître le mot « gouine », que si on t'en parle tu n'y croies pas, je veux que tu puisses être hétérosexuelle ou lesbienne, et que ce ne soit pas un sujet pour quiconque, et surtout pas pour toi. Je veux que tes amours et tes rêves et tes talents ne soient jamais écrasés par la haine, les cauchemars et la médiocrité des autres.

Je veux que vous soyez, toi, mon fils et ceux de

votre génération, plus libres que nous. Aimez qui vous voulez, comme vous voulez, quand vous voulez.

D'ailleurs, je ne sais pas trop si je peux te donner des conseils, vu que ma contribution à ton existence, et plus encore à ta formation en tant qu'être sensible, aura été très limitée, mais si je ne devais te donner qu'une seule instruction, alors ce serait celle-ci : aime tout le monde, quitte à te tromper. Et considère les autres. C'est important : dans un monde qui va trop vite, on considère trop peu. Ne laisse personne en dehors du champ de ton humanité, mais ne te laisse pas marcher dessus non plus.

Et puisque tu es une petite fille, apprends vite à savoir viser les testicules de ceux qui t'ennuient, et surtout n'oublie jamais que « NON » est une phrase complète, qui n'a besoin d'aucun développement ni d'aucune justification.

Lave-toi bien les dents, obéis à tes mères, rappelle-toi que tout est politique, et ne tue pas les petits animaux.

Sois une personne gentille.

Je t'embrasse, et je laisse la porte ouverte,

Baptiste

Notes

1. *L'amour, c'est...* (collectif, préface de Baptiste Beaulieu), Le Livre de poche, 2018.
2. Lire *Un savoir gai* de William Marx, Les Éditions de Minuit, 2018.
3. Articles parus dans *Vice* en septembre 2020, puis dans le *HuffPost* en mars 2021.
4. « Violences et rapports de genre. Enquête sur les violences de genre en France », sous la direction d'Elizabeth Brown, Alice Debauche, Christelle Hamel et Magali Mazuy, sur le site INED, 2020.
5. Voir *Matt Shepard is a Friend of Mine*, documentaire réalisé par Michele Josue, 2013. Voir aussi Matthew Shepard Foundation, www.matthewshepard.org.
6. Anissa Boumediene, « Légendes sexuelles : le jeu de la biscotte dans les vestiaires, mythe ou réalité ? », *20 Minutes*, 28 août 2019 (en ligne).
7. Lire l'excellent *Le Sexisme, une affaire d'hommes* de Valérie Rey-Robert, Éditions Libertalia, 2020.
8. Michel Larivière, *Dictionnaire historique des homosexuel-le-s célèbres*, La Musardine, 2016.
9. *Ibid.*
10. « Adolescents homosexuels : la révélation », reportage diffusé dans l'émission « Envoyé spécial », le 6 janvier 2011.

11. Observatoire des LGBTphobies, « État des lieux 2019 », rapport d'étude pour la Fondation Jasmin Roy Sophie Desmarais, enquête publiée en partenariat avec la Fondation Jean-Jaurès et la DILCRAH, 13 mai 2019.
12. Gaël Pasquier, « Des enseignant·e·s face aux injures homophobes à l'école primaire », université Paris Ouest Nanterre La Défense (en ligne sur https://hal.science/hal-02510458/document).
13. Sarah McMahon, Victoria L. Banyard, « When Can I Help? A Conceptual Framework for the Prevention of Sexual Violence Through Bystander Intervention », *Trauma, Abuse, & Violence: Review Journal*, SAGE Publications, 16 novembre 2011, p. 3-14.
14. « Pourquoi je peux dire pédé et pas toi » de Camille Regache, chez Binge Audio.
15. *Où vont les larmes quand elles sèchent*, L'Iconoclaste, 2023.
16. Pierre Rabhi, *Semeur d'espoirs*, Actes Sud, 2013.
17. Ouissem Belgacem, avec Éléonore Gurrey, *Adieu ma honte*, Fayard, 2021.
18. Lire *Les Brutes en blanc. La maltraitance médicale en France* de Martin Winckler, Flammarion, 2016 ; « Points », 2017.
19. « Pas vraiment de gauche, les médecins ? », *What's up doc ?*, 13 décembre 2016.
20. « LGB individuals living in anti-gay communities die early », Columbia University (en ligne sur www.eurekalert.org/news-releases/632504).
21. On qualifie désormais ce stress particulier de « stress minoritaire » et ses conséquences sont bien réelles. Selon un rapport de Santé publique France, les épisodes dépressifs caractérisés (1 % contre 8 %), les symptômes dépressifs (24 % contre 1 %) et les pensées suicidaires (13 % contre 5 %) sont plus importants chez les femmes lesbiennes et bisexuelles que chez les hétéros. Il en va de même pour les hommes : les épisodes dépressifs caractérisés (15 % contre 6 %), les symptômes dépressifs (8 % contre 4 %) et les pensées suicidaires (9 % contre 4 %) sont également bien plus importants chez les hommes gays ou bisexuels que chez les hétéros. (Santé publique France, « Ampleur et impact

sur la santé des discriminations et violences vécues par les personnes lesbiennes, gays, bisexuel·le·s et trans [LGBT] en France. Un état des lieux à partir des données françaises », 17 mai 2021.)

22. Florian Bardou, « Le grand malaise des LGBTI face au monde de la santé », *Libération*, 16 janvier 2018.

23. « 49 % des femmes lesbiennes déclarent n'avoir jamais parlé de leur orientation sexuelle à leur médecin traitant. Pour les personnes ayant abordé la question avec leur médecin, un tiers des personnes ont reporté des propos ou gestes déplacés. La plupart de ces épisodes sont considérés comme des "maladresses sans conséquences" mais 19 % des personnes interrogées ont dit avoir vécu au moins un épisode homophobe ayant comme conséquence une rupture ou un renoncement aux soins » (selon le même rapport de Santé publique France).

24. Madina Agénor, « Sexual Orientation Identity Disparities in Awareness and Initiation of the Human Papillomavirus Vaccine Among U.S. Women and Girls », Department of Social and Behavioral Sciences, Harvard T.H. (en ligne sur www.acpjournals.org).

25. « Ampleur et impact sur la santé des discriminations et violences vécues par les personnes lesbiennes, gays, bisexuel·le·s et trans (LGBT) en France. Un état des lieux à partir des données françaises », 17 mai 2021 (en ligne sur le site de Santé publique France).

26. Almeida Wilson K., F. Lert, F. Berdougo, H. Hazera, « Transsexuel(le)s : conditions et style de vie, santé perçue et comportements sexuels. Résultats d'une enquête exploratoire par Internet », 2007 (en ligne sur le site de Santé publique France).

27. Danielle M. Ely, Anne K. Driscoll, « Infant Mortality in the United States, 2017: Data From the Period Linked Birth/Infant Death File », *National Vital Statistics Reports*, vol. 68, n° 10, 1er août 2019 (en ligne).

28. Brad N. Greenwood, Rachel R. Hardeman, Laura Huang, Aaron Sojourner, « Physician-patient racial concordance and disparities in birthing mortality for newborns », National Library of Medicine, 17 août 2017 (en ligne).

29. Communiqué commun : « L'Ordre des médecins et l'Ordre des infirmiers condamnent fermement la constitution d'annuaires de professionnels de santé communautaires », 11 août 2020.
30. Louise Auvitu, Béatrice Kammerer, « "Quand les seins tombent, je refuse la consultation." Sur Facebook, des médecins violent leur serment », *Le Nouvel Obs*, 5 janvier 2020 (en ligne).
31. « Sexist Humor No Laughing Matter, Psychologist Says », 7 novembre 2007 (en ligne sur www.sciencedaily.com). Jessica Schrader, « Does Racist Humor Promote Racism? », 18 juillet 2011 (en ligne sur *lien direct :* www.psychologytoday.com/us/blog/humor-sapiens/201107/does-racist-humor-promote-racism).
32. Jacques Le Goff, *Une enquête sur le rire*, Armand Colin, 1997.
33. Lire *Une culture du viol à la française*, de Valérie Rey-Robert, Éditions Libertalia, 2020.
34. Question écrite n° 10164 de Laurence Cohen (Val-de-Marne – CRCE) publiée dans le JO Sénat du 25 avril 2019, p. 2219.
35. Christine Delphy, « Le mythe de l'égalité-déjà-là : un poison ! », 11 octobre 2007 à Montréal, sur YouTube (en ligne sur www.youtube.com/watch?v=oymTQ5mrr9M).
36. Myriam Baele, « Bientôt plus de stérilisation obligatoire pour les personnes transgenres », RTBF, 17 mai 2017 (en ligne).
37. *Ibid.*
38. Albert Camus, *Le Premier Homme*, Gallimard, 1994, p. 66.
39. Monique Wittig, *La Pensée straight*, Balland, 2001.
40. Effrayante donnée que celle montrant que le taux de séparation ou de divorce chez les femmes malades est de 20,8 % alors qu'il n'est que de 2,9 % pour les hommes. In « Sexual Functioning Among Young Adult Cancer Patients: A 2-Year Longitudinal Study » (article collectif), *Cancer*, vol. 124, 2018, en ligne sur American Cancer Society Journals. Et « Gender Disparity in the Rate of Partner Abandonment in Patients With Serious Medical Illness » (article collectif), en ligne sur National Library of Medecine.
41. Carl Wittman, *Un manifeste gay*, Éditions du Commun, 2023.

42. Nicole Andrejek, « The Gender Gap in Orgasms: Survey Data from a Mid-Sized Canadian City », *International Journal of Sexual Health*, vol. 31, février 2019 (en ligne sur Tandfonline).
43. Virginie Despentes, *King Kong théorie*, Grasset, 2006.
44. « Rapport sur les LGBTIphobies 2022 », en ligne sur www.sos-homophobie.org.
45. Chloe Farand, « "Michelle Obama is transgender, we all know it": Alex Jones claims he has "proof" the former First Lady is a man », *Independent*, 25 août 2017 (en ligne).
46. Joel MacManus, « Meet the Men Behind New Zealand's Most Deranged Conspiracy Website Avatar », *The Spinoff*, 16 juin 2018 (en ligne).
47. « Le refuge qui accueille les jeunes homos, submergé d'appels », *Le Figaro étudiant*, 18 avril 2013 (en ligne) ; « France : le mariage gay adopté, la parole homophobe libérée », TV5 Monde, 23 avril 2013 (en ligne).
48. « Une étude démontre que la légalisation du mariage gay diminue les préjugés homophobes », *L'Express*, 23 avril 2019 (en ligne).
49. Victor Ladreyt, « L'anonymat du donneur pose moins de problème à l'enfant que le secret qui entoure la PMA », *Le Nouvel Obs*, 28 septembre 2018 (en ligne).
50. Olivier Vecho, Benoît Schneider, « Homoparentalité et développement de l'enfant : bilan de trente ans de publications », *La Psychiatrie de l'enfant*, vol. 48, janvier 2005 (en ligne sur Cairn.info).
51. Katie White, « Children of Same-Sex Parents Are Emotionally Healthy », San Diego State University, 16 novembre 2017 (en ligne sur : www.sdsu.edu) ; Mary Emily O'Hara, « Kids with Lesbian Parents Are Just as Healthy As Other Kids, Study Finds », *Them*, 20 juillet 2018 (en ligne).
52. « PMA pour toutes : l'Académie de médecine exprime des "réserves" », *Le Figaro*, 22 septembre 2019 (en ligne).
53. « Manifesto », Le Syndicat de la Famille, mars 2023 (en ligne).
54. Coralie Moreau, « Adoption par les couples homosexuels : "Uniquement pour des enfants atypiques" en Seine-Maritime », France Bleu, 18 juin 2018 (en ligne).

55. Valentine Pasquesoone, « Les couples homosexuels ont le droit d'adopter, mais le peuvent-ils vraiment ? », France Info, 23 avril 2018 (en ligne).
56. Peu d'études existent sur le sujet, mais la plupart s'accordent sur un risque de solitude et de précarité sociale trois fois plus important chez les vieux LGBT+. Voir Jamie Doward, « Gay People at Risk of a Lonelier Old Age », *The Guardian*, 11 septembre 2011 (en ligne).
57. Raymond Carver, *Poésie*, « Dernier Fragment », Éditions de l'Olivier, 2015 (traduction par Jacqueline Huet, Jean-Pierre Carasso et Emmanuel Moses).
58. Salvatore D'Amore, Robert-Jay Green, Benedicte Mouton, Nicola Carone, « European Gay Fathers Via Surrogacy: Parenting, Social Support, Anti-Gay Microaggressions, and Child Behavior Problems », National Library of Medicine, 2 novembre 2023 (en ligne sur onlinelibrarywiley).
59. Sophie Adriansen, *Qui s'occupe des enfants ? Repenser la parentalité traditionnelle*, Les Pérégrines, 2023.
60. Christine Mateus, « "Je ne sais pas faire" et autres ruses : les slackers, ces hommes qui évitent les tâches ménagères... sans en avoir l'air », *Le Parisien*, 29 mai 2022 (en ligne).
61. Aline Gérard, Elsa Mari, « Pourquoi les femmes négligent-elles autant leur santé ? », *Le Parisien*, 27 septembre 2021 (en ligne).
62. Jean Genet, *L'Enfant criminel*, Éditions Paul Morihien, 1949, Gallimard, 2014.
63. Louis-Ferdinand Céline, *Voyage au bout de la nuit*, Gallimard, 1932.

Remerciements

Un grand grand merci à toute l'équipe des éditions de L'Iconoclaste pour leur confiance, leur engagement et leur amour des livres : Sylvie Gracia, et son œil exigeant, Laurent Beccaria, Adèle Leproux, Constance Beccaria, Marie-Laure Walckenaer, Alba Beccaria, Alice Huguet, et toutes celles et ceux qui font de cette maison un vrai foyer où il est doux de poser ses lourds bagages.

À mon agent Alexandrine Duhin pour ses conseils précieux et ses relectures pointues.

Aux libraires qui portent nos paroles et défendent cette idée d'un monde où le livre émancipe, libère, oxygène et, par-dessus tout, permet de penser contre soi-même. Que ferait-on de nos déterminismes sans eux ?

Je remercie tous les lecteurs et lectrices qui, roman après roman, m'accordent leur confiance. Si, après la lecture du présent ouvrage, ils ont envie de l'offrir à un ami, un frère, une sœur, en disant « tiens, lis-le, ça m'a un peu fait changer d'avis » ou « tiens, lis-le, je me suis senti un peu plus libre dans ma tête après l'avoir terminé, et moins déterminé dans le choix des croyances que je laisse entrer dans ma tête » alors je peux dire que mon bref et futile passage sur Terre aura eu quelque sens.

Je remercie mes parents de m'avoir aimé inconditionnellement, mes sœurs de m'avoir supporté inconditionnellement.

Enfin, je remercie F. et T., les centres de gravité de ma vie.

Prenez soin de vous, vous qui me lisez. Ne laissez personne vous blesser.

À bientôt, Baptiste

Du même auteur

Alors voilà, les 1001 vies des Urgences, récit, Fayard, 2013 ; Le Livre de poche, 2015

Alors vous ne serez plus jamais triste, roman, Fayard, 2015 ; Le Livre de poche, 2016

La Ballade de l'enfant gris, roman, Mazarine, 2016 ; Le Livre de poche, 2018

Toutes les histoires d'amour du monde, roman, Mazarine, 2018 ; Le Livre de poche, 2020

N'aie pas peur. Jamais, poésie, Invenit, 2020

Celle qu'il attendait, roman, Fayard, 2021 ; Le Livre de poche, 2022

La Joie et le Reste, poésie, L'Iconopop, 2021

Entre les lignes, BD jeunesse, illustrations de Dominique Mermoux, Rue de Sèvres, 2021

Histoires de coming-out, essai, avec Sophie Nanteuil, Albin Michel, 2021

Les gens sont beaux, album jeunesse, illustrations de Qin Leng, Les Arènes, 2022

On a deux yeux pour voir, album jeunesse, illustrations de Qin Leng, Les Arènes, 2023

Où vont les larmes quand elles sèchent, roman, L'Iconoclaste, 2023 ; Proche, 2024

Je suis moi et personne d'autre, album jeunesse, illustrations de Qin Leng, Les Arènes, 2024

Les Pansements invisibles, album jeunesse, illustrations de Qin Leng, Les Arènes, 2025

L'édition originale de ce livre est le fruit du travail de toute une équipe de passionnés aux Éditions L'Iconoclaste.

Pour sa sortie dans la Collection Proche,

Vahram Muratyan a conçu la couverture d'après une illustration de Holly Stapleton et imaginé la recette idéale pour un plaisir de lecture parfait : de belles marges blanches, un interlignage finement étudié et un savant mélange de trois fontes (Heldane Text, Tiempos Fine et Galano Grotesque).

À la fabrication, Marie Baird-Smith et Anna Polonia ont travaillé pour obtenir l'objet idéal : un livre souple, un papier léger et bouffant, une carte de couverture qui lui permettra de vieillir sur votre étagère sans prendre une ride.

L'équipe de Soft Office a réalisé la mise en page du texte. Sophie Loubier a relu le livre à la virgule près.

Constance Beccaria et Clémentine Malgras ont assuré la publication de ce livre. La communication et le marketing ont été imaginés avec Adèle Leproux et Pierre Bottura. Alexandra Profizi l'a fait vivre en librairie, Anne-Sophie Richard sur les réseaux sociaux.

Les factures des collaborateurs et les droits d'auteur sont payés rubis sur l'ongle par l'équipe de Christelle Lemonnier.

Les représentants de Rue Jacob diffusion, coordonnés par Élise Lacaze, ainsi que l'équipe d'Interforum, ont sillonné toutes les librairies françaises, suisses et belges.

Ce livre est désormais entre vos mains, prêt à démarrer sa nouvelle vie.

IMPRIM'VERT®

PEFC
10-31-2541
Promouvoir la gestion durable de la forêt
www.pefc-france.org

L'ensemble de cet ouvrage a été réalisé dans le respect des règles environnementales en vigueur. Il a été imprimé par un imprimeur certifié Imprim'Vert, sur du Classic Book PEFC pour l'intérieur et une carte Metsäboard PEFC pour la couverture.

Achevé d'imprimer en France sur les presses de Normandie Roto Impression s.a.s. à Lonrai (Orne) en septembre 2025.

ISBN : 978-2-487891-04-3
N° d'impression : 2503673
Dépôt légal : Octobre 2025

En France, un livre a le même prix partout. C'est le « prix unique du livre » instauré par la loi de 1981 pour protéger le livre et la lecture. L'éditeur fixe librement ce prix et l'imprime sur le livre. Tous les commerçants sont obligés de le respecter. Que vous achetiez votre livre en librairie, dans une grande surface ou en ligne, vous le payez donc au même prix. Avec une carte de fidélité, vous pouvez bénéficier d'une réduction allant jusqu'à 5 % applicable uniquement en magasin (les commandes en ligne expédiées à domicile en sont exclues). Si vous payez moins cher, c'est que le livre est d'occasion.